中华先锋人物
故事汇

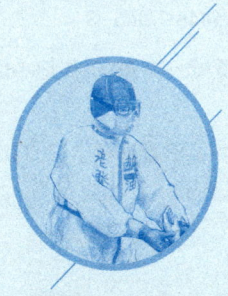

张伯礼

院士，战士

ZHANG BOLI
YUANSHI, ZHANSHI

余 雷 著

党建读物出版社　接力出版社

图书在版编目（CIP）数据

张伯礼：院士，战士 / 余雷著 . —南宁：接力出版社；北京：党建读物出版社，2022.12

（中华人物故事汇 . 中华先锋人物故事汇）

ISBN 978-7-5448-7966-8

Ⅰ.①张… Ⅱ.①余… Ⅲ.①传记小说－中国－当代 Ⅳ.①I247.5

中国版本图书馆 CIP 数据核字（2022）第 199921 号

张伯礼——院士，战士

余雷 著

责任编辑：朱晓颖 杨豪飞
责任校对：高 雅 杨 艳
装帧设计：严 冬　美术编辑：高春雷
出版发行：党建读物出版社　 接力出版社
地　　址：北京市西城区西长安街 80 号东楼（邮编：100815）
广西南宁市园湖南路 9 号（邮编：530022）
网　　址：http://www.djcb71.com　 http://www.jielibj.com
电　　话：010-65547970/7621
经　　销：新华书店
印　　刷：北京科信印刷有限公司
2022 年 12 月第 1 版　 2022 年 12 月第 1 次印刷
787 毫米×1092 毫米　32 开本　4.375 印张　65 千字
印数：00 001—10 000 册　 定价：22.00 元

本社版图书如有印装错误，我社负责调换（电话：010-65547970/7621）

目录

写给小读者的话 …………… 1

刻苦求学 ………………… 1

看病是一种享受 …………… 11

医者仁心 ………………… 17

做学生的阶梯 ……………… 25

校园里的"伯礼爷爷" ……… 33

"关木通"和"白木通" ……… 41

中药组分库 ……………… 45

科技兴医 ………………… 51

"杀虫子"和"清垃圾" ……… 57

中医宣传大使·················63

出战非典··················71

只愿山河无恙···············79

中医药承包方舱··············85

肝胆相照··················99

父子英雄·················107

重见满天星················115

健康"守门人"··············123

写给小读者的话

中华医学博大精深、源远流长，我们知道的扁鹊、华佗、张仲景和李时珍等古代名医都是中医。古代没有现代的诊疗仪器，中医判断病人病情的方法归纳起来主要有四种，那就是"望闻问切"。

"望"是观察病人的气色、舌苔、精神状态等；"闻"是听声音和闻气味；"问"就是询问病情和病人的感受；"切"是摸脉象，了解全身脏腑的气血运行情况。通过这四个步骤，中医就能对病人的病情有所了解，然后开出药方，让病人服用中草药熬成的汤剂或是药丸等治病。

虽然中医在中国有上千年的历史，但现在也有很多人对中医的诊疗方式产生了质疑。人们发现，中医"望闻问切"的问诊方法缺乏规范统一的标准，中药材中的有效成分含混不清，缺乏科学精确的数据。

然而，源远流长的中医药却一次次创造着奇迹。很多心血管病人服用的复方丹参滴丸、速效救心丸都是中成药。二〇〇三年"非典"流行的时候，中药对重症病人有显著疗效。中国女科学家屠呦呦从中药中分离出青蒿素用于疟疾治疗，获得了二〇一五年诺贝尔生理学或医学奖。二〇二〇年，在武汉抗击新冠病毒肺炎疫情中，中药也取得了令人瞩目的成绩。

如何更好地继承和发展中医？如何更好地让中医为人们服务？这是很多有志于将中医药发扬光大的医生都在思考的问题。中国工程院院士张伯礼就是其中的一位。他从行医的那天开始，就身体力行地在为中国的中医药事业而努力着。张伯礼院士都做了些什么呢？请你打开这本书，去读一读那些令人钦佩和感动的故事吧。

刻苦求学

一九四八年二月二十六日，张伯礼出生于天津市南开区一个普通家庭。一九六四年，他考入天津医学专科学校，经过四年的学习后被分配到天津市大港区上古林医院。

那个时候的乡医院条件有限，没有大型的检查设备，也不能做手术，平时主要负责接诊附近的居民，给他们做一些简单的治疗。如果遇到危重病人，只能送到二十公里以外的区医院。

张伯礼每天早早来到医院，把诊室打扫得干干净净。没有病人的时候，他就坐在一旁看书；如果附近有人生病了，他就背上药箱，骑着自行车出诊。

一个冬天的早晨,医院来了一个病人。几个人用一辆木板车把他推进医院,又七手八脚地把他扶到医生面前。

大家焦急地说:"医生,快给他看看吧。他一直喊肚子疼,疼得差点在地上打滚儿。"

病人是个二十多岁的小伙子,他的脸色灰白,豆大的汗珠不停地从头上滚落,乌黑的短发全被浸湿了。他痛苦地捂着肚子,不停地呻吟着。

一个医生连忙走了过来,戴上听诊器,一边在小伙子的肚子上轻轻按压,一边仔细地听着。过了一会儿,医生问小伙子:"你这几天大便了吗?"

小伙子愣了一下,咬着嘴唇,无力地摇了摇头。

医生又转向送他来的人,问道:"来的路上他吐了吗?"

一个陪同的人急忙说:"早晨起床就一直吐,一直吐。不光把吃的东西全吐了,连喝下去的水也给吐出来了。"

医生放下听诊器,严肃地说:"前几天我们也遇到一个和他症状一样的病人。这可能是急性肠梗阻，我们处理不了。必须马上送到区医院去做手术，否则会有生命危险。"

"可现在这天气……"几个人不约而同地望向了窗外，只见铅灰色的天空中飞舞着大片大片的雪花，停放在院子里的木板车上已经积了一层厚厚的雪。

"我们去找车。"几个人说着便跑了出去。

过了一会儿，他们又垂头丧气地回来了。还没等医生问，其中一个人就拉着医生的手说："雪那么大，没有车去镇上。医生，求求你再想想办法吧！"

医生想了想，对他们说："要不，你们找中医看看吧？"

在医生的建议下，几个人请来了一位胡须花白的老中医。老医生给小伙子诊了诊脉，写下一张处方，说："先喝药吧。喏，这是一剂大承气汤。马上熬药喝下去。"

大家都忙了起来，配药、熬药，很快就将一碗热气腾腾的药汤送到了小伙子的手里。他艰难地撑起身子，在大家的注视下，喝光了一碗药汤。

时间一分一秒过去，一个多小时后，小伙子突然捂着肚子喊道："我……我……肚子更疼了，我要上厕所！"几个人搀扶着他，马上把他送进了厕所。

过了好一会儿，小伙子才从厕所里出来。他惊喜地喊道："医生，大便以后肚子不那么疼了！医生，我全好了吗？"

所有人的目光都看向老中医。老医生微微笑了笑，说："没那么快，药还要继续吃。如果回去之后再疼得厉害，还是得到医院来。"

"谢谢医生！"几个人说着感谢的话走了。在一旁目睹了整件事情的张伯礼看着他们的背影，突然想到了什么。他来到药房找到那张处方，只见上面写了几味中药的名字——大黄、厚朴、枳实、芒硝，每个名称的下面标注着剂量。为什么这几味药搭配在一起就能治病呢？他百思不得其解。

张伯礼拿着药方去问老中医："老医生，大承气汤是什么？这样的几味药就能治那么严重的病，简直太神奇了。"

老中医缓缓地说："大承气汤出自《伤寒论》，

不要小看它,它虽然只有四味药,却可以治疗实热内结、胃肠气滞、腑气不通。刚才的疗效你也看到了。"

"中医真是了不起。可惜我在学校没有学过中医课程。"张伯礼有些遗憾地说。

老中医笑着说:"你要是有兴趣,我可以教你一些汤方歌,也叫汤头歌。大承气汤的汤头歌是这样的:'大承气汤用硝黄,配伍枳朴泻力强,痞满燥实四症见,峻下热结第一方。'学中医要先学汤头歌,再学根据病人的病症增减药量。"

从这天起,张伯礼便经常向老中医请教。平日里只要听说有好的药方,他就连忙拿出小本子记下来。经过一段时间的学习,张伯礼对中医有了更深入的了解,他学习中医的愿望更强烈了。

虽然能经常向老中医请教,但张伯礼不满足于只是知道几个方子,能对一些简单的病症进行治疗,他希望能够系统地学习中医理论,但医院的条件有限,很难在这里学到更多的东西。

多方打听之后,张伯礼报考了中医函授学习班。经过一个学期的刻苦学习,张伯礼对中医的认识更深了。一九七三年,他争取到一个脱产学习的机会,从一九七三年到一九七五年两年间,张伯礼参加了天津第四期"西医离职学习中医班"。

张伯礼很珍惜这次学习机会。两年时间里,他每天都如饥似渴地学习着中医理论,把能借到的理论书籍带在身边,一有机会就读。同学们都记得,每天晚上十二点前,张伯礼房间的灯都是亮着的。他把能搜集到的名医名家的方子都记录下来,整理的常用汤头歌摘录记满了整整一个笔记本。

功夫不负有心人,经过长时间的刻苦学习和潜心研究,张伯礼的中医理论和诊疗水平都有了很大的提高。国家恢复高考制度后,张伯礼又迎来了新的机遇,一九七九年,天津中医学院(现在的天津中医药大学)决定招收第一批研究生。张伯礼得知自己能够报考后,马上报名参加了一个考前辅导班。

每天下午下班后,张伯礼都要从大港区骑车到市区学习。两地相距几十公里,骑车要很长时间。因为第二天还要上班,下课后他必须马上骑车赶回大港区。虽然很辛苦,但张伯礼硬是坚持了大半年时间，风雨无阻。

经过超乎常人的努力，张伯礼终于成了天津中医学院首届中医研究生。这批研究生的报考难度非常大，经过层层筛选，最后只招收了十四人。张伯礼凭借着自己扎实的理论水平和诊疗能力在众多考生中脱颖而出。

入学后，稳重勤奋的张伯礼被选为班长。在校学习的三年中，张伯礼继续刻苦学习，每天都是图书馆的常客。《黄帝内经》是中国现存最早的一部医学经典著作，张伯礼深知这部著作对于中医的重要性。他把这部著作通读了三遍，还认真做了笔记。

张伯礼的导师是阮士怡教授。阮教授毕业于北京大学医学院，学贯中西，勇于创新，遵古制而不拘泥。他创建了天津中西医结合心血管学科、老年病学科等。阮教授认为，学习中医就应遵循"审证求因，从因施治"的原则，临床诊病时要"善于辨证，求因论治，以治其本"。

中医说的"证"，也就是证候，可以概括为一系列有相互关联的疾病症状；而"辨证"，就是在治疗过程中，对通过"望闻问切"四种诊断方法收集到的有关疾病的所有资料，运用中医学理论进行分析，辨清疾病的原因、性质、部位及发展趋向等，然后概括、判断为某种性质的证候。

阮教授时常提醒自己的学生："医学是随着社会的发展而进步的，社会制度的进步、人民生活水平的提高和风俗习惯的改变，使人类的疾病谱发生了新的变化。因此，医学的发展要适应这种新的变化。"在校三年时间，张伯礼跟随导师学习了扎实的医学基础知识，同时也领悟到了导师对中医药发展的远见卓识。

阮教授一生致力于中西医结合、辨证施治，这给张伯礼带来了很大的影响。上学期间，他一直在思考一个问题——如何将中西医结合在一起给病人治病？他只要有机会就向导师请教这个问题，阮教授也毫无保留地和他一起讨论。

毕业前，该写毕业论文了。同班同学大都写的是古典医籍和中医理论，或者是对某种中医治法的讨论和研究。张伯礼经过深思熟虑，选择将《浅论中西医结合》作为毕业论文的题目，他希望能够在中西医结合这个课题上有所发现。论文中，张伯礼主要讨论了舌诊研究。中医的诊断方法主要是"望闻问切"四种，舌诊是中医的"望"诊中非常重要的内容。医生可以通过观察舌质、舌苔和舌底来判断病人的病情，然后对症下药。传统的舌诊都是目测，这种方式倚重经验，判断也因人而异，很难做到客观和科学，难免会有误差。张伯礼希望能够找到更科学的方法，尽可能做到科学诊疗。

一九八二年，张伯礼从天津中医学院顺利毕业，获得了中医内科学硕士学位。毕业后，张伯礼选择了留校任教，后来又担任了天津中医药大学校长。在后来的几十年中，为了能够更科学地对患者进行舌诊，张伯礼一直坚持不懈地对这个课题进行研究。

看病是一种享受

张伯礼的座右铭是:"贤以弘德,术以辅仁。"他把这句话挂在他的办公室里。

这两句话是他读《论语》读出来的心得,意思是用高尚的品行弘扬医生道德,用高超的医术实践仁慈爱心。张伯礼常常将这个座右铭和学生一起分享,并且告诉他们,医生要练好基本功,有精湛的医术,还要有高尚的医德,全心全意为病人服务。

张伯礼长期从事心脑血管疾病的防治工作,在中医治疗心脑血管疾病方面,有着丰富的临床经验。很多深受心脑血管疾病困扰的患者都希望能够得到张伯礼的诊治。几十年来,无论多忙,张伯礼都坚持每周出两三次门诊,每次看几十个病人。

后来，张伯礼担任的职务越来越多，科研任务越来越重，大家都劝他不要再出门诊了，但张伯礼不同意。他说："出门诊对我来说，是一种责任，也是一种享受，再高明的医生，也是病人培养出来的，哪有医生不给病人治病的道理？听到患者解除病痛后的感谢就是最好的奖励，也是一种享受。"

每到张伯礼出门诊的日子，门诊部很早就会有患者来候诊。每次挂号处的人都劝预约看病的病人说："别的医生也很好，张校长的号要等那么久，别耽误了看病。"但对方却往往回答："时间再长也能等……"这些病人都是奔着张伯礼的医术来的，张伯礼的诊疗是他们战胜病魔的一颗"定心丸"。

张伯礼的工作很忙，有时候为了赶到门诊部去给病人看病，连饭也顾不上吃，只能在路上啃几口饼干。有时候，门诊部的同事预先给他买了热乎乎的盒饭，但他一进医院就开始工作，饭都凉了，他也没空吃上一口。

一次，张伯礼带着学生王保和、姚远去西安参加学术会议。他们本想在会议结束后，乘坐第二天

看病是一种享受

早上的飞机回天津，这样就可以赶上当天的门诊。可没想到，由于种种原因，他们没有买到第二天早上的机票。

王保和同张伯礼商量说："老师，我们晚一天回去行不行？"

张伯礼摇摇头，坚决地说："不行！不能让那么多病人白来一次。我们坐下午的火车回天津吧。"

当时，从西安到天津的火车要行驶二十多个小时，两个学生觉得老师坐一夜火车回去很辛苦，想劝说张伯礼等一天，坐飞机回去。但没等他们开口，张伯礼便毫不迟疑地说："去买票吧。我们就坐火车回去。"

他们买到的是硬座车厢的车票。上车后，他们发现，这趟列车特别拥挤，车厢的走道上站满了人，连上厕所都挤不过去。十几个小时过去了，他们没有水喝，也不能上厕所，两位小伙子都有些坚持不住了。

他们扭头看向身边的张伯礼，这才发现老师脸色苍白，眉头微皱，额头上满是细密的汗珠，两个人不由得担心起来。看到他们紧张的神情,张伯礼淡淡一笑说:"没事,我顶得住,过一会儿就好了。"

几个小时后,火车终于驶进了天津站。张伯礼一下火车就往医院赶。来到医院后,张伯礼没有休息片刻,马上换上工作服,直接走进诊室,对等在那里的病人们说:"对不起,让大家久等了……"

看着老师认真地给病人诊脉,开处方,王保和的眼睛湿润了。他突然明白了为什么那么多患者无论路途多远、等待多久都要来找张伯礼看病。正是因为张伯礼用真心对待患者,所以患者才那么信任他。

医者仁心

张伯礼的诊室在二楼,这天,他正要上楼去给病人看病,发现一楼有两位老人互相搀扶着往前走。两个人看到张伯礼后,互相催促着说:"快,快!医生来了!"老爷爷每走几步就要停下喘口气,再颤颤巍巍地向前走,老奶奶也脚步蹒跚,但还要搀扶着老爷爷。

张伯礼连忙走过去问道:"你们是来找我看病的吗?"

老奶奶用力点了点头。张伯礼扶了一把老爷爷,轻声说:"不用上二楼了,我在这里给你看。"说着,就让老爷爷坐在一旁的长椅上。

张伯礼俯下身,给老爷爷诊了脉,又查看了他的舌象，仔细询问了病情。他安慰老爷爷说："问题不大，回去先吃药，下周再来复诊。下次也在一楼给你看病。"接着，他又转身对助手说："我上去开处方，你一会儿帮他们送下来。"

从此以后，张伯礼每次上楼的时候都会看一下，如果来看病的病人不方便上二楼，他就先在一楼给这些病人诊脉，看舌象，询问病情。看完这些病人后，再上二楼给其他病人看病。

病人们感动地说："张医生是真正的医者父母心啊。"

每个患者的病情不同，对张伯礼而言，每种病症都像是一道"烧脑"的考题，但无论考题多难，他都会竭尽所能地去想办法破解。

有一天，张伯礼看完门诊刚走出诊室，就被一位中年妇女拦住了。她哭着对张伯礼说："张大夫，俺们就是从农村奔您来的，但没挂上号。俺们那儿的大夫说俺丈夫得了肺癌，但又不能确诊。现在俺们已经花了两万多块钱了，一点儿没见好，求您救救他吧！"中年妇女说着就要给张伯礼跪下，她身后一个瘦弱的男人也想跪下，张伯礼和助手连忙拉住了他们。

"跟我进来吧。"张伯礼毫不犹豫转身回了诊室。

助手急忙拦住门,说:"校长,现在都两点多钟了,您还没吃饭,要不明天再看吧?"

张伯礼拨开助手的手,走到办公桌前,对夫妻俩说:"把所有检查的报告单都给我吧。"

张伯礼仔细看完各种化验单,抬头看了看这个病人。病人看上去非常瘦弱,不停地咳嗽着,喉咙里发出呼哧呼哧的声音。张伯礼耐心地询问他发病时的情况,平时都吃什么药,吃药以后有什么反应。

病人一边说,张伯礼一边仔细地观察他。用以往的经验来判断,这个病人应该只是呼吸道有问题,但CT和支气管镜检查报告却都显示,病人存在着可疑病变。

当听到病人最近几个月都在服用降压药时,张伯礼觉得自己找到了问题的症结。有些病人会因为服用这类药物引起咳嗽,而病人的急剧消瘦则可能是因为担心患了癌症,心理压力较大造成的。

于是，张伯礼一边安慰病人，一边给他开了新的降压药，同时又开了一些调理身体的中药。开完药，他笑着对病人说："你先吃药看看，如果一周后咳嗽减轻，那就不是肺癌了。"

见张伯礼说得那么诚恳，中年妇女的脸上马上露出了笑容，病人紧绷的脸也顿时放松了许多。

第二周，张伯礼看门诊的时候，夫妻俩早早就来到了诊室。一看到张伯礼，丈夫连忙说："张医生，咳嗽好多了。俺得的不是肺癌，对不对？"

张伯礼笑了笑，仔细询问病人服药的情况后，给他开了新的处方。

又过了一段时间，病人完全恢复了健康，人也胖了不少，而且面色红润。他专门来到医院，拉着张伯礼说："您不光是'神医'，还是'善医'啊！如果没有您，俺即使没得癌症，也要活不下去了。"

经常来找张伯礼看病的老患者都称呼他为"老张"。张伯礼问诊的过程就像是和熟人拉家常。出一次门诊要接诊几十个患者，问题各不相同，但张伯礼在面对男性患者时，几乎都会问他们相同的两个问题。

"你喝酒吗？抽烟吗？"

患者们都觉得奇怪，为什么张伯礼对他们是否抽烟喝酒那么关心？张伯礼解释说："烟和酒都伤害血管，对血管有很直接的危害。要想心血管好，烟酒一定要少。"

一位患者不以为意，认为张伯礼是在吓唬他。张伯礼依然耐心地对他说："你这个烟酒都得戒，你要是不戒的话，下一步紧接着就是高血压、高血糖、高体重、高尿酸、高血脂，'五高'一个都不会少。你现在是代谢综合征的中度症状，表现出来是末梢神经炎，麻木只是最轻的症状，严重的会有烧灼感，感觉旁边有火烤一样。想不想试试？"张伯礼风趣的解释让这个患者不好意思地笑了。

只要是病人，张伯礼都会全心全意地去帮助他们。在武汉新冠肺炎疫情中遇到的病人也得到了张伯礼的精心照顾。

有一个小伙子名叫韩威，住进方舱医院的当天，他的母亲去世了。韩威心里很难过，他躺在病床上，谁也不搭理，拒绝治疗。

这天晚上，医疗队在方舱医院组织大家唱歌，韩威唱了一首《天之大》。他一边唱，一边哭，声音也哽咽了："妈妈，月亮之下，有了你，我才有家。离别虽半步即是天涯……天之大，唯有你的爱是完美无瑕……"

张伯礼知道了韩威母亲去世的事，专门找到他，对他说："我知道你心里难过，但你要坚持治疗，只有治好了，你才能出去看家人。"

张伯礼的话让韩威重新燃起了希望，他开始喝药，积极配合治疗，很快就康复了。韩威不知道的是，张伯礼因为连日劳累，在劝说他的第二天就胆囊炎复发，被送进了医院。

武汉疫情结束后的一年里，张伯礼四次回到武汉，他牵挂的是患者的康复情况。为了持续跟踪患者的情况，张伯礼破例在武汉招收了三个徒弟，让他们在武汉更好地为患者服务。

拜师会上，张伯礼笑着对这三个徒弟说："我在天津以外没有收过徒弟，这是第一次，而且是自己主动要求收的。过去是学生以老师为荣，但我这里是老师以学生为荣。因为学生做得好，老师也跟着沾光。相信你们能做得更好。"

张伯礼每次到武汉都会去看望那些患者，他和他们愉快地聊天，笑着安慰来复诊的病人："会好起来的，大难不死，必有后福。"

有病人感激地对他说："您是我的救命恩人，您要是有空，我请您吃饭。"

张伯礼欣然答应道："好啊，等你好了以后吧。"

悬壶济世，医者仁心。张伯礼一直坚持与传承的，正是护佑人们安宁健康的中医药文化的精髓。

做学生的阶梯

一九八二年,硕士毕业后,张伯礼留校做了一名教师。四十年间,张伯礼送走了一批又一批学生,他的身份也从一位普通老师变成了校长。校长的事务性工作很多,各项科研任务也很重,但张伯礼始终坚持给本科生上大课,带研究生出门诊。

张伯礼牢记着导师阮士怡教授说过的一句话:"将毕生所知所学授予好学求知之才。"从被人称为老师的那一天起,张伯礼就有了教师的使命感。每次走上讲台,张伯礼都觉得自己肩上的责任重大,看着坐在下面的学生,他恨不能一下子就把自己的毕生所学全都教给他们。

在张伯礼看来,教师应该做学生的阶梯,有责任托举着学生不断向上发展。从教多年来,张伯礼先后培养了博士后、博士、硕士二百八十余名。这些学生遍布全国各地,乃至海外,他们中的很多人已经成为中医药界的重要力量。

为了让中医药事业后继有人,张伯礼把大量的心血都倾注在人才的培养上。他的学生们都知道,为了让学生有更好的学习条件,张伯礼总是竭尽所能。

有一次,学校买了一台用全血检测血小板聚集率的新仪器。为了摸索实验条件,建立基础数据库,仪器需要用人的新鲜血液进行反复测试。学生们纷纷表示可以用自己的血来测试,但张伯礼坚决不同意。他说:"还是我来吧,我是老师。"说着,张伯礼伸出了自己的胳膊。

每一次测试都需要新鲜血液,每一次张伯礼都毫不犹豫地挽起袖管。测试进行了八次,张伯礼就被抽了八次血,但他只是轻描淡写地对大家说:"只要实验能取得进展,抽点血不算什么!"

张伯礼的工作任务很繁重,为了既不耽误工作,也不影响学生的课程,他把给研究生上的课程大多安排在晚上。为了准时上课，他常常不吃晚餐就走进教室。饿了，就趁下课的时间吃几块巧克力，喝一杯热茶，然后继续上课。

为了开拓学生的视野，张伯礼上课的形式不拘一格，课堂可以在诊室，也可以在山上。身边和中医中药有关的事物，他都会跟学生讲一讲。看到一棵皂荚树，他会跟学生讲："皂荚是一味能祛痰、通窍、镇咳、利尿的中药材。这个'皂'跟'肥皂'的'皂'是一个'皂'，古人洗衣服、洗脸、美容都用它。它可以去污，所以古人用它来化顽痰。痰不好，尤其非常黏的时候就用皂荚来化顽痰。"生动形象的讲述让学生对皂荚这种药材有了深刻的印象。

王保和是张伯礼的研究生，后来成为天津中医药大学第一附属医院副院长。他至今还记得二十多年前研究生毕业时的情景。那时，全班大部分研究生的毕业论文都要找张伯礼指导和批改。张伯礼对学术的要求是严谨甚至苛刻的。他要求论文不仅文字要修改，逻辑关系要修改，甚至标点符号也要修改。因此，每个人把论文交给张伯礼前都要自己先

反复修改好几次，尽量做到最好。

大家把论文的第一稿交给张伯礼后，都满怀期待地等待着老师的批改意见。张伯礼看完初稿，把论文返回来的时候，每个人的论文都无一例外地被红笔画满了。每一章每一页都被张伯礼用红笔清晰地标注出需要修改的地方，每篇论文的后面还有详细的修改意见。经过这样的严格要求和训练，张伯礼带过的学生不仅在论文撰写上有了很大的进步，在专业知识的学习上也有了很大的提高。

在张伯礼的精心指导和严格要求下，他培养的三位博士撰写的论文，先后被评为"全国优秀博士学位论文"，而在十几年的评比中，全国中医药领域也仅有八篇论文能获此殊荣，另外还有两篇论文获得了提名奖。学生们说："获奖看得见，但张老师付出的心血没人知道有多少。他传授给我们知识，也教会我们做人。"张伯礼却欣慰地说："看到学生们获奖比我自己获奖都高兴，培养出一批超过我的学生，就是我最大的心愿。"

医疗界很多人都说张伯礼很"神"，他带出的学生个个有本事。每当有人这样称赞他时，张伯礼总是笑笑说:"培养中医医生,一要敬业;二要有医德,大医精诚,服务病人;三要学会中医的辨证思维方式,辨证论治是一门高超的艺术;四要加强临床实践,倡导质疑精神。"正是用这样的四个标准要求学生,他培养的学生才能个个优秀。

一九九六年,张伯礼曾经招收过一位出身农家且患有先天性高肩胛症的研究生。这个学生在天津中医学院学习了五年后,对中医有着非同寻常的兴趣,他希望能够报考张伯礼的研究生,继续跟随张伯礼学习。当时很多人对这个学生的选择议论纷纷:"张老师招收研究生的标准很高。学校有那么多想报考张老师研究生的同学,而且个个身体健康,张老师没必要收一个'残疾'学生吧?"

张伯礼听到了这些议论,毫不客气地说:"虽然我招收研究生的标准很高,但我不会以貌取人,更不会看'背景',论'来头'。大学是培养人才的地方,唯才是举,只要是人才,老师就当他的阶梯。"

最终,这个学生如愿以偿地成了张伯礼的研究生,毕业后继续出国深造,现在已经是一个年轻有为的科学家了。

正是因为张伯礼用这样的标准招收学生，所以他所收的研究生都是有志于中医药研究的年轻人。从硕士到博士，他都要求他们大胆承担课题研究工作，在实践中锻炼，以获得最大的提高。

作为一名共产党员，张伯礼还常常给学生们上党课，他鼓励学生们积极向党组织靠拢。他说："人生要先有信仰，才能在正确的道路上前行。"他对成绩较好的入党积极分子进行重点培养，亲自担任班主任，亲自讲党课，讲专业课。同时，还推动校领导和思政老师结对子。

张伯礼要求教思政课的老师在讲课时要深入浅出，联系中医药专业。他说："六味地黄丸这样的中药之所以能够沿用到今天，就是因为它有中医思维的优势。你们的思政课也要以鲜活的事例，来给学生潜移默化地做这种介绍，润物细无声地培养学生对中医药专业的热爱，对专业的自信，乃至对我们文化的自信。"

做了天津中医药大学校长后，张伯礼着手制定学校人才培养的标准。首先，他主持制定了《中国·中医学本科教育标准》，开展了中医学本科教育标准化建设和中医学专业的认证工作，并且主持制定了世界中医学教育史上第一个国际标准——《世界中医学本科（CMD前）教育标准》，现在已经被五十多个国家和地区采用。依托世界中医药学会联合会教育指导委员会主任委员单位天津中医药大学，张伯礼还筹建了世界中联"一带一路"中医药教育师资培训基地，以培养更多国际化的中医。

除此之外，张伯礼还组织了海内外五百多位专家来编写中医本科教材。他们一共花费了四年时间才把这套教材编完了，又花了两年时间把它翻译成英文。二〇一九年，这套教材最终完成。那一年，在匈牙利召开的世界中医药大会上，这套教材被正式推出，受到了广泛的欢迎。

校园里的"伯礼爷爷"

为了培养高素质的中医药人才，张伯礼提出了"政治素质过硬、学会中医思维、临床能力强"的人才培养目标。二〇〇九年，在他的倡导下，以"责任、坚韧、克己、奉献"为班训的"勇搏励志班"正式成立。这个班每年从天津中医药大学入学的新生中招收学员，通过学生自我组织、自我约束、自我激励、自我评价的管理模式，磨炼学生成长成才，提升学生的整体素质，让学生懂得吃苦耐劳、团结协作、回报社会。二〇一五年，"勇搏励志班"荣获第八届全国高校校园文化建设优秀成果一等奖，二〇一八年又获批天津市高校"一校一品"思想政治工作品牌首批建设项目。

每天早上六点半，在天津市静海区团泊新城西区的校区里，"勇搏励志班"的学生就开始了他们新的一天。这个班的同学每天都要坚持半个小时的晨练和二十分钟的晨读。他们认真地完成每一个动作，大声地背诵中医经典理论和汤头歌。"勇搏励志班"的勤奋好学带动全校形成了良好的学习风气，没在这个班的同学也更加自律和刻苦。

经过十年的坚持，"加入勇搏，挑战自我"的信念鼓舞了全校同学。一分耕耘，一分收获，一大批"勇搏"学子经过身心磨砺和意志锻炼后脱颖而出。据统计，二〇〇九年到二〇一九年的十年中，先后有12356名学生在"勇搏励志班"学习。这个班里90%的学生向党组织递交了入党申请书，702名学生光荣地加入了中国共产党。在学校"十佳大学生"校长奖学金、"岐黄科技奖学金"和"天中之星"特别贡献奖学金获奖名单里，有80%的学生来自"勇搏励志班"。

为进一步激励、资助家庭困难和有志于中医药发展事业的优秀学生，张伯礼先后捐出个人获得的"吴阶平医学奖""何梁何利基金科学与技术进步奖"等各类奖金二百余万元，设立了"勇搏基金"，奖励品学兼优的学生。

张伯礼常说，一流的医生应该坐下来会看病，站起来能演讲，闭上眼会思考，进了实验室能科研。"我给学生讲课时经常提到，同样的错误不要犯第二次，因为你犯一次错误，可能就会给患者带来很多痛苦，所以医生要善于去悟，去思考，去总结。"为此，他坚持院校教育和师承教育相结合，要求学生从院校走出去，跟临床名师学习经验。他还特别鼓励师生间分析讨论病例，创建了"基于案例的讨论式教学——自主式学习联动"的教学方法，二〇〇九年获得了国家级教学成果一等奖。

张伯礼关注着时代的变化和社会的需要，适时调整教学的内容和目标。近几年新冠肺炎疫情的发生和全社会的抗疫行动，让张伯礼对于疾病的防治有了更深入的考虑。他对老师们说："我们不能仅仅教学生怎么看病，还要教会他们怎么预防。特别是预防，要以不变应万变。如果再有大的疫情，我们就可以直接上。"

在张伯礼看来，医术固然重要，仁心更加可

贵。二〇〇九年以来，天津中医药大学每年都会有一次静悄悄的暖心行动。学校会在冬天给贫困学生发冬衣，但来自甘肃靖远的赵筱慕记得，同学们都不知道她的那件羽绒服是学校捐助的。二〇二〇年，从天津中医药大学护理专业毕业，走上护士岗位之后，她才听说了这件羽绒服背后的故事。

原来，每年给贫困学生发冬衣的时候，校长张伯礼都会专门召集辅导员，要求他们在给学生准备冬衣的时候一定要买不同款式和不同花色的，不要让受捐助的同学穿一样的衣服。这样做虽然增加了老师的工作量，却能更好地保护学生们的自尊心。

回忆起这件事，赵筱慕觉得校长和老师就像是一束光，照亮了她的生命。她非常想成为他们那样的人，用自己的力量去帮助更多的人。

在校园里，学生们喜欢称张伯礼为"伯礼爷爷"。他们知道，有问题可以随时问他，向他请教。张伯礼对学生的问题有问必答，毫无保留。他出门诊的时候常常带着学生。跟随张伯礼学习的学生发现，张伯礼在写处方的时候，会在处方的下面垫一张复写纸。因为处方病人要带走,所以,张伯礼就用这样的方式给学生留下一份,让他们有更多的学习机会。

张伯礼不仅在大学里培养中医,近些年,他也在很多平台上对中小学生进行中医药知识和文化的普及和教育。有人问张伯礼:"张校长,您为什么要为中小学生讲中医文化?"

张伯礼语重心长地说:"中医药文化基因植入和传承要从学生抓起,让更多的青少年了解中医药、走近中医药,培养对祖国优秀传统文化的热爱,对于增强青少年文化自觉和文化自信,进而增强民族自信和国家自信,厚植爱国主义情怀,践行社会主义核心价值观,都具有重大而深远的意义。"

每年七月的毕业季,是张伯礼最幸福也是最辛苦的时刻。在每年的毕业典礼上,张伯礼都要亲自给近三千名毕业生授予学位,并逐个握手合影。他用饱含着期待和爱的目光,送走了一批又一批的本、硕、博毕业生。

看着学生们灿烂的笑脸,张伯礼感慨地说:

中华先锋人物故事汇　张伯礼

"人生有些节点是不能忽略的,我虽然累几天,但学生们会记住这一刻。我希望更多中医药人才从这里出发,学有所成,成为让患者满意的好大夫。"

"关木通"和"白木通"

在中医药的很多基本问题上,张伯礼都坚持做到一丝不苟。每一个问题都要经过反复考证,直到得出正确的结论。

一九九七年,天津某企业为日本一家公司加工了一种中药复方制剂。这种药剂在日本销售后发生部分患者肾损害事件,为此引发了国际纠纷。国家对这一事件非常重视,委托天津中医学院对这一药剂进行科学分析。

老祖宗使用了千百年的验方为什么会出问题?带着这个疑问,张伯礼对这个药剂进行了详细的检测和分析。检测结果发现,这个药剂中有含马兜铃酸成分的药材——关木通,张伯礼和他的助手立刻对关木通的毒性进行了专项系统研究。经过他们的研究,证实了关木通确实会导致肾脏损害,由关木通组成的复方制剂也会损害肾脏,而且,这种损害与药的剂量没有直接关系,长时间小剂量服用也可能对肾脏造成损害。

在对关木通的毒性进行研究的同时,他们也对关木通的药用价值进行了测试。经过研究发现,关木通的清热利湿作用并不明显,和其他药物组合后并没有达到预期的治疗效果。

既然关木通没有药效,那为什么会被用到验方里呢?张伯礼等人在研究关木通致病机理的同时,又进行了细致的文献研究。经过阅读大量的文献,他们发现,在民国以前的古书上,药方记载的都是"白木通"或"木通",而不是"关木通"。这两种药材差别很大,关木通为马兜铃科,含有马兜铃酸,服用后对人体内脏有损害;而白木通为木通科,不含马兜铃酸,服用是安全的。

经过追根溯源的调查,张伯礼发现,自二十世纪三十年代以后,东北出产的关木通陆续进入其他省份,到七十年代逐步在全国广泛应用,而此时因为白木通货源较少，市场上很难见到，关木通就替代白木通了，甚至还在七十年代进入了国家药典。

综合以上的研究和发现，张伯礼和助手们完成了国内最早的一份关于关木通的实验报告。他们发现是因为误用关木通才造成了对病人肾脏的损害。张伯礼等人的这一研究成果，获得了一九九九年天津市科技进步奖。和张伯礼一起参与研究的马红梅博士写下了论文《关木通及肾脏毒性研究》，该论文获得了中国中医研究院的"何时希奖"。

二〇〇〇年，张伯礼和科研小组一起向国家药品监督管理局建议，凡是中成药内有关木通的，一律恢复为白木通。在国家药监局主持召开的"中药与植物药国际高级论坛"会议上，张伯礼做了关于关木通安全问题的主题发言，提醒医学界对含有马兜铃酸成分的草药尽量不要使用，并提醒药厂尽快执行新规定。

最终，国家药监局采纳了他们的建议，并于二〇〇三年印发了《关于取消关木通药用标准的通知》。

中药组分库

实现中医药现代化,是张伯礼毕生的事业。

中国民间有一句话:"丸散膏丹,神仙难辨。"意思是中药通常是许多味药混在一起熬煮,其中哪一味药有什么作用很难讲清楚。因此,很长一段时间,中药在人们的眼里是没有科学依据的,能治病只不过是碰巧而已。

中医传承千年,有自己的诊疗逻辑。张伯礼一直在思考,如何用现代化的方式传承和发扬中医药。他曾说:"人为什么会生病?中医认为那是因为阴阳失衡,治疗的方式就是调理阴阳。这话说起来容易,也不会错,但不解决问题。今天我们要学会使用科学的证据。中医药是个宝库,但是要和现代技术结合，赋予古老的中药以现代科技的内涵。这是我们这代人应该做的。"

二〇〇五年，张伯礼当选中国工程院院士。二〇〇七年，张伯礼被确定为第一批国家级非物质文化遗产项目中医传统制剂方法代表性传承人。多年来，张伯礼承担了国家"七五"至"十五"重大攻关项目等四十余个，先后任国家重点基础研究发展计划（简称"973计划"）三个项目"方剂关键科学问题的基础研究""方剂配伍规律研究""治疗心血管疾病有效方剂组分配伍规律研究"首席科学家，科技部"创新药物和中药现代化"重大专项总体专家组成员，参加中医药现代化顶层设计，主持和参加起草了《中药现代化发展纲要》等文件。

张伯礼主要从事心脑血管病研究。他主持了"益肾化浊法治疗老年期血管性痴呆"的研究，在国内首次制定了血管性痴呆证型分类标准和三期证治方案；创立脑脊液药理学方法，揭示了中药对神经细胞保护的作用机制，获国家科技进步二等奖。

张伯礼常常想起当年老中医用一剂大承气汤救治小伙子的事。他在大量的临床诊疗中发现，中药中有很多药的成分不是很清楚,究竟是什么产生的疗效也不太明白。比如,大承气汤里的那几味药中的哪些成分对应了病症,其实一直是模糊的。

为了解决这个问题,张伯礼四处查找资料,寻找科学的方法。他希望能明确每一味中药的临床定位:它到底治什么病?应该在病程的哪一个阶段介入治疗?和西药相比,它有什么优势?如何与西药一起发挥协同作用?……张伯礼深知,传承发扬好中医药,实现中医药现代化,急需一套可以支撑的理论。

张伯礼最终把目光锁定在组分配伍的理论上。中药组分,就是从传统中药中提取出有效的成分群,在细胞、分子药理水平相对清楚的情况下揭示中药的药效物质基础和作用机制。有了这个理论,就能根据不同病症,重新配伍成方。

在给学生讲述中药组分理论时,张伯礼打了一个比方:"中药饮片里面包含有效成分和无效成分,我们要把中药的有效成分群提取出来。组分可大可小,但要按照类别集中起来。比如,我们一个班有四十个同学,我们分一下组,你们这十个同学唱歌特别好，他们那十个同学学习特别好，我们还有几个同学体育特别好，中药组分就是找出一个标准来归类。如果班里某个同学书法特别好，全班只有他一个，那也算是一类。至于中医怎么组分，我们有一套基于临床的病症的研究。组分后用药理学的评价进行分析，很快就能得出结论。"通俗易懂的讲解，让学生很快就理解了中药组分理论。

经过一段时间的筹备，从二〇〇八年开始，张伯礼在天津中医药大学建立了中药组分库。这个组分库可以用科技手段对每一味中药进行科学分析，找出其中的药效成分。

截至二〇二一年，组分库里的药材有六万多味。张伯礼的团队还对一千五百九十六种中成药做了临床数据的收集和分析，并建立了数据库。他们对每种中成药的临床数据进行分析，揭示中成药的作用原理，以保证临床合理用药，同时更好地把控中成药的质量。

张伯礼的这一做法在中药现代化研究中开拓了以中药有效组分组方研制现代中药的模式和设计方法，搭建了中药方剂有效组分提取分离和活性筛选技术平台，为现代中药研制和名优中成药二次开发提供了科学依据和技术支撑，研究成果已经达到了国际先进水平，还研制出了芪参益气滴丸等多个组分中药新药。

在完成这些研究的同时，张伯礼没有忘记自己在硕士毕业论文中提到的舌诊研究。在长期的诊疗实践中，张伯礼发现，同样的舌象，有的医生认为是深红，也有医生认为是微红。这种凭借医生主观经验的判断常常差之毫厘，失之千里，很容易误诊。

为了解决这个问题，张伯礼从二十世纪八十年代开始进行中医舌诊客观化研究，开拓了舌象色度学和舌底诊研究方向。张伯礼在问诊和治疗过程中拍摄了大量的照片，收集了丰富的资料。到了九十年代，他运用计算机建立了真正的数据库，汇总了两千多名健康人和千余名患者的舌底观察结果，完整地拍摄了一套舌底诊图谱。

过去的中医诊疗，大家只能凭经验进行判断，但有了计算机的数据库后，色度就可以客观地比对出来了。用计算机看舌象，让中医证候学有了数据的支撑。张伯礼所做的中医舌诊客观化研究，获得了国家科技进步三等奖。

　　这次数据库的成功建立，更坚定了张伯礼将传统的中医理论和现代诊疗手段相结合，更好地救治病人的决心。从药物成分分析到舌象大数据研究，张伯礼在用自己的努力让中医治疗更科学，更有能力走向国际化。

科技兴医

一九九九年，名为"方剂关键科学问题的基础研究"的项目正式启动，先后由王永炎和张伯礼担任首席科学家，天津中医学院、清华大学生命科学学院、中国科学院大连化学物理研究所、中国中医研究院等多家单位合作，组织了一大批中药、中医、化学、物理、信息等多学科科技人员投入研究。在此之前，中医药物的搭配几乎都是从经验出发，而这项研究希望能够找出中药方剂中各种药品的最佳搭配效果，把曾经用经验来完成的任务变成一种能被科学所证实的理论。

研究的一个子课题是"复方丹参方药效物质及作用机理研究"。为了弄清楚复方丹参方中具体有效物质的作用时态和机理，张伯礼和课题组人员在一起进行了近百项实验研究，从饮片、提取物、化学组分、单体成分的分离提取到分析，从整体动物、器官、细胞到基因的活性检测，获得了海量的数据。

他们从复方丹参滴丸药材种植的质量规范、药物有效成分、制剂工艺、质量标准、药理药效、临床疗效和安全性等方面进行了系统的研究，探明了复方丹参滴丸的药效物质基础，揭示了它的作用机理，以及药效学和方剂配伍理论的科学内涵。

他们的研究成果为复方丹参滴丸提供了大量的基础数据。最终，复方丹参滴丸成为全球首个完成美国FDA（美国食品药品监督管理局）三期临床试验的复方中药制剂，在多个临床试验中都得出了相同的结论：复方丹参滴丸对治疗慢性稳定性心绞痛安全有效。这标志着中国的中医药得到了世界标准的认可，有着里程碑式的意义。

在做这项研究的日子里，张伯礼每天早出晚归，常常在实验室里一待就是一整天。大家发现，他明显地消瘦了，原本合身的衣服显得很宽大，镜片后的眼睛常常布满血丝。

"校长已经超负荷工作了，快劝劝他！"助手们互相提醒着，可是谁也不敢去跟张伯礼说，他们知道，张伯礼一旦开始工作就会全力以赴。

一个博士生忍不住对张伯礼说："张校长，您跟我们不一样，我们只做研究，您还有那么多工作，再天天跟我们一起连轴转，身体会吃不消的……"

没等这个博士生把话说完，张伯礼就打断了他："没问题，我的身体好。再说，搞科研不亲临一线，怎么能了解实验中的各种变化，获得精确数据呢？"说完，张伯礼又开始埋头工作了。

二〇〇六年，张伯礼率先提出了中成药二次开发策略、方法和关键技术，致力于将传统中药大品种转化为安全有效、制剂先进的现代中成药。他带领科研团队用了八年时间攻关，完成了天津市三十个中药品种的二次开发研究，促进了中药产业向科技型、高效型和节约型转变，产生了显著的经济效益和社会效益，这项研究成果还获得了二〇一四年度国家科技进步一等奖。

张伯礼和团队所做的一切推动了中医走向世界，同时，现代中药工业的发展又倒逼中药材产业的全面创新，把原本传统松散的种植、加工、仓储和质检等流程变成了规范化、标准化、数字化的中医药产业链，为指导中药现代化、推动中药产业快速发展做出了极大贡献。正是因为有千千万万像张伯礼一样的中医药工作者的努力，我国的中药工业总产值在二十年间，从二百三十五亿元增加到近九千亿元，成为我国医药产业的重要支柱。

如今，在天津中医药大学的药学实验室，各种现代化的设备可以让师生们获得从中药成分提取、分离、制备到药效评价等各个环节的实验数据，从而实现对中药的定性和定量分析。这标志着，在中药成分的研究上，我国已经走到了世界的前列。

张伯礼始终认为，中医作为一种古老的传统医学，理念并不落后，他说："中医药发展了几千年，到了高科技的时代，我们引入其他学科的知识为我所用，推动中医药守正创新、传承发展，也是大势所趋。"

近几年，张伯礼和中国中医药循证医学中心主任李幼平合作,对中医的证候、术语进行了分析,并对中医术语进行了现代化的翻译和解释。他们一起,为中医典籍走向世界开辟了新的通道。

"杀虫子"和"清垃圾"

二〇二一年三月,张伯礼卸任天津中医药大学校长,专心从事中医药现代化科研工作。老校长就要离开办公室了,工作人员连忙抓紧时间,帮忙整理张伯礼留下的一百多万字的手稿。

他们在整理一份手稿的时候发现,张伯礼写下过这样一句话:"中医药是中华民族文化的瑰宝,愿意把好的东西分享给世界是我们的胸怀。中医药走向世界是必然的趋势。"

张伯礼只要有机会就会宣讲中医的疗效。他知道,只有大家都认可中医药了,中医才能更好地给人治病,中医药才能发扬光大,走出国门,走向世界。在他看来,科学发展到今天,古老的中医药只有守正创新才能焕发新的生机。守正就是传承精华，创新就是把其他学科先进的技术方法吸收进来，为中医药服务，让古老的中医药具有时代特色，达到当代的科技水平，更好地服务于中国人民、世界人民。这就是中医药现代化的宗旨。

关于中医和西医的功效，一直是业界争论不休的话题。当学生问起这个问题时，张伯礼是这样解释的："在思维方式上，中医强调的是象数思维、整体思维；西医强调的是直观思维和线性思维。在理论基础上，中医强调脏腑、经络、阴阳、气血；西医立足于解剖、生理、病理。从研究对象上看，中医更强调人的自我感受；西医则更注重人的器官、生理和病理的功能。两者研究的方法、诊断的方法也有区别。西医更多依赖客观的检查；中医讲究'望闻问切'，以外度内。西医强调化学药物、手术；中医用草药治疗，更强调的是整体治疗，包括针灸、按摩、食疗、药膳以及太极、八段锦等综合手段。所以，这两种医学体系各有各的优势，它们的优势可以互补，但是不能互相取代。"

听了张伯礼的讲解，学生们茅塞顿开，深感中医的博大精深，更坚定了学好中医药的信念。

有一次，在跟武汉几家医院的骨干代表座谈交流时，大家也谈到了中西医谁优谁劣的问题。张伯礼引用了一个比方来表达自己的看法，他说："举个例子吧，比如，这屋子里有垃圾招虫子了，西医就研究杀虫剂，把虫子杀了，而我们中医既不研究虫子，也不研究杀虫剂，我们研究这堆垃圾，把垃圾清理了，屋里就干净了，就没虫子了。我们中医就是清理人体的垃圾。"

在座的人都笑了起来，但有人还是将信将疑。张伯礼又耐心地说："今天，我们已经用现代科学证明了中医治疗的机制，那就是调节人体的免疫功能。免疫功能好了，房间就干净了，当然就没虫子了。"

张伯礼清醒地意识到，只是让人们认清中西医的区别是不够的，还需要用现代医学的知识来研究它、证明它，让中医药有更多能够执行的统一标准。

二〇一九年，世界卫生组织把中医药的病证分类纳入了《国际疾病分类》第十一次修订本中，还专门增加了有关传统医学的章节,中医药正式接入这一国际主流医学分类体系。在这一章节中,中医的病证名称、诊断标准、治疗药物都被写入其中。这让张伯礼备受鼓舞,他欣喜地告诉大家:"中医的病证被写入国际疾病分类中,中医也算是在国际主流医学中有了一个'户口'。以后就可以慢慢走向世界,被更多人所接受了。"

尽管感到很高兴,但张伯礼知道,中医药发展目前仍然存在两个主要的问题。如果这两个问题得不到解决,中医药还是很难走向世界。

第一个问题是中药材的品质亟待提升。因为用药增多,野生的药材显然不够用,于是人们开始人工种植。但人工种植的药材和野生的药材在药性上有一定差别,而且种植也缺少技术规范。中药材的国家标准是"三无一全",就是"药材无硫黄加工、无黄曲霉素超标、无公害标准化种植,全过程可追溯管理"。要达到这个标准,还有很长一段路要走。

第二个问题是需要更多的中医临床有效证据。中药虽然有几千年的用药经验,但还需要拿出现代的科学证据来。中医体系要找出过硬的循证证据,找出药物的药效标准和它的作用机理，才能够让人对中医理论信服。

只有解决了这两个问题，有了标准，才能考虑中医药国际化，才能让中医药学真正造福全人类，进一步扩大中华民族对世界的贡献。

中医宣传大使

张伯礼讲到中医药走向世界的时候，常常会拿复方丹参滴丸来举例："复方丹参滴丸是治疗冠心病的中成药，把这个药拿到美国去注册，需要重新进行评价。美国的药品评价体系非常严格，需要经过三期临床试验。第一期试验的重点是药物的安全性，第二期试验的重点是药物的有效性，第三期试验是对不同人群、不同剂量及该药物与其他药物的配伍进行临床研究。最终，经过八个国家一百二十七家临床医学中心对一千多名患者的研究，得出复方丹参滴丸具有保护血管、保护心肌，还有中枢调节、抗炎等明确疗效的结论。"

每次讲到中医药的国际化，张伯礼就有说不完的话，台下那一双双渴求的眼睛让他对中国的中医药国际化充满了信心。一个个鲜活的案例和大量翔实的数据似乎已经刻在他的头脑中，他随时都能信手拈来。

由于文化差异等原因，中医药的国际化道路走得异常艰辛。张伯礼却很乐观，他认为，虽然前路漫漫，但我们一直在路上。和记者聊起这个话题时，张伯礼充满自信地说："中医药国际化是时代需求，不是我们强行向海外推广中医药，而是世界范围内对中医药的迫切需求。中医药走向国际，要依赖国内坚实的科技积累，科技是中医药发展的翅膀，翅膀越硬才能飞得越高，越远。"

中医的治疗方式有很多，不仅有汤剂、药丸，还有针灸、拔火罐等。张伯礼在谈到中医的功能和作用时，并不拘泥于只谈药物。他会用很多鲜活的案例告诉大家，如何运用中医理论和诊疗方式治病救人。

张伯礼多次讲过菲尔普斯的案例。菲尔普斯是美国著名的游泳运动员，被称为"飞鱼"，一共获得过二十三枚奥运金牌。菲尔普斯每天要训练六七个小时,晚上肌肉酸痛,第二天早晨肌肉又变得僵硬。每次训练前他都要做很多准备活动预热,才正式开始训练。在里约热内卢奥运会上,当菲尔普斯露出背上的肌肉时,人们惊讶地发现,在他的背上有很多深紫色的圆圈。原来,有人向他推荐了拔火罐。菲尔普斯尝试后发现,拔完火罐,不仅放松了背部肌肉,整个人也轻松了许多。拔火罐之后,每天训练前预热准备的时间大大缩短了。菲尔普斯几乎每次参加完比赛都要拔一次火罐,彻底让自己放松一下。当人们知道这是拔火罐的印记时,便将它称为"中国印"。菲尔普斯身上的"中国印"成了那届奥运会上令人印象深刻的一幕,也让全世界认识了这股"来自东方的神秘力量"。

在人们惊叹于拔火罐的神奇时,张伯礼马上趁热打铁地告诉大家:"其实,中医的诊疗手段中,除了拔火罐这样简便有效的方法外,针灸也在实际治疗中发挥着重要作用。临床医生研究发现,针灸可以治疗大约五百种疾病,不仅能够治疗慢症,还可以治疗急症。比如,针灸治疗高血压,没有药物的副作用,同时,针刺血压达标,可以减少患者

66　中华先锋人物故事汇　张伯礼

心、脑、肾的负担。"

近些年，张伯礼在国外讲学时注意到一个显著而可喜的变化。他发现，现在在国外执业的中医师中大约有70%是"洋中医"，也就是外籍身份的中医师。而这些中医师服务的患者又大约有70%是外国人。这个数据足以说明中医药在国外受欢迎的程度，说明中医的疗效得到了外国患者的认可。

张伯礼曾经招收过一个德国留学生。这个德国人从小就喜爱中国传统文化，对中国的一切都感兴趣。为了学习中国文化，他自学了中文。在中国台湾学习了三年哲学后，他突然迷上了中医。

打听到张伯礼在中医学界的名望后，他来到天津，跟随张伯礼学习中医。张伯礼并没有因为他是外国人就有所保留，仍然将中医的精髓倾囊相授。毕业后，这个德国学生回到德国开了一家中医诊所。因为医术精湛，每天找他看病的人都很多。有的病人从千里之外开车来找他看病，也有的病人宁可提前一个月预约也要等他看病。

这个德国人不满足于只是用中医的方法给人们看病，他还经常到欧洲的一些大学去讲课，用德国人的视角讲授中医、介绍中医，让更多的德国人了解中医。

二〇一八年，"中华文化研习营"首次在天津开营，来自宝岛台湾的二十名学生来到天津中医药大学。这里现代化的教学设施和诊疗仪器让他们觉得很新奇。第一次见到先进的脉诊仪后，他们惊呼道："原来中医还可以这样看病！"

学生们参观完中药植物园后，久久不肯离去。张伯礼笑呵呵地看着这些年轻人，在他看来，让更多的年轻人了解中医药、走近中医药，不仅能让中医药事业后继有人，还能增强他们的文化认同和民族自信，意义重大。

二〇一五年，中国中医科学院研究员屠呦呦获得了诺贝尔生理学或医学奖。对于屠呦呦的获奖，张伯礼非常兴奋。在他看来，这次获奖代表着中医药的成果得到了世界的认可，中医药走向世界的步伐又向前迈进了一步。

张伯礼作为中国中医科学院院长陪同屠呦呦一起到瑞士去领奖。他写下了两首词表达自己的心情。

《浪淘沙·诺奖》:"诺奖落京东,青蒿素名。良药治疟救苍生。百般艰辛实验难,医典启明。协作会战兴,递补相竞。古方须赖科技成。埋头干事何顾它,呦呦晚鸣!"

《沁园春·诺奖礼行》:"斯德哥摩,北欧风光,诺贝尔城。大奖彰百年,神州难酬,茵茵蒿草,呦呦首鸣!学府讲演,管弦齐奏,御宴气派皇家情。正襟坐,观盛装颁誉,至上光荣。三千年医药兴,佑生救疾民族昌盛。慨百草根叶,聚天地精,抗逆苦害,自然馈赠。四气五味,七情和合,增效减毒复方雄。昂首看,更领健康潮,众呦常鸣!"

张伯礼在接受采访时说:"青蒿素获得诺贝尔生理学或医学奖,再一次证明中医药学是一个伟大的宝库,需要我们继续努力挖掘,加以提高。"

近几年,张伯礼除了通过学术论坛进行中医药文化讲座,还会参加一些电视节目宣传普及中医药知识,如《开讲啦》《这就是中国》等。张伯礼说:"中医药文化宣传形式多种多样,我也经常关注这方面的动态,像传统纸媒、电视台节目,包括更新颖点的抖音短视频、微信公众号等,能够覆盖不同的受众群体,但是总体来说,中医药学的传播还是要严格把控传播的科学性和内容质量,保证内容的丰富性和优质性。"

出战非典

二〇〇三年的春天，一场突如其来的疫情席卷了中国。

这场疫情首先是从广东等地开始的，当地出现了多例原因不明、危及生命的呼吸系统疾病。随后中国的其他地区和其他国家也先后出现了这类病例。世界卫生组织将此类疾病命名为"严重急性呼吸综合征"，也称为SARS。疫病发现之初，中国将其称为"非典型肺炎"，简称"非典"。二〇〇三年四月十三日，中国决定将SARS列入《中华人民共和国传染病防治法》法定传染病进行管理。

似乎是一夜之间，人们的生活秩序被打乱了，人人谈非典色变。世界卫生组织发出对北京的旅游警告。在中国举办的多场体育赛事和其他活动被取消或延期。很多学校的教学进度被打乱了，全国硕士研究生复试延后，北京市的中小学全面停课。不断有医护人员感染后不治身亡的消息传来……一场突如其来的公共卫生事件考验着中国。惊恐的人们不知道这到底是什么病，只知道只要被传染了就有生命危险。听说熏白醋、服用板蓝根能预防非典，许多人马上去抢购。白醋和板蓝根的价格飙升，比平时高出了很多倍。

国家非常重视这次疫情防控。二〇〇三年五月九日，中华人民共和国国务院令第376号公布施行《突发公共卫生事件应急条例》。北京仅用了七天时间就建好了专门收治非典患者的小汤山医院。

非典疫情刚刚暴发的时候，张伯礼就开始关注疫情的发展，对广州的情况非常重视。他每天都从各个渠道收集资料，了解这种病症的发展情况。当得知北京的疫情比较严重时，张伯礼带着他的团队，主动请战，要求到北京的抗疫一线去。被批准后，他们很快来到北京，马上投入到病人的治疗抢救当中。

由于当时对非典病毒缺乏认识,医疗团队都只采用西医的方式治疗,并没有使用中医诊疗。张伯礼对团队成员说:"国有危难时,医生即战士。宁负自己,不负人民。医生的职责就是救死扶伤,是不分中西医的。把病治好才是硬道理。"

被感染的病人都被送进了封控区。进入这个区域的医生通常要连续工作很多个小时才能出来。因为防护服不能随便脱下来,医生们在封控区不能吃东西、喝水,甚至不能上厕所,但谁也没有抱怨,没有退缩,穿上防护服就进入了封控管理的红区。

每个进去的医生感染的风险都很大。因为人手紧张,医生们不仅要问诊、治疗,还要做一些护士和护工的工作,随时都有被感染的危险。张伯礼每天都要不厌其烦地叮嘱每一个进去的人:"一定要注意安全,保护好自己。"

张伯礼的学生王泓午是第一批进入红区的中医医疗队的医生。张伯礼在他进去前对他说:"最重要的是,你要活着回来。"

王泓午点点头,进去了。在为病人诊疗的过程中,王泓午一直带着一个小型相机,他要拍下病人的舌象。

每一次拍摄都要近距离接触病人,照相机距离病人最近的时候只有十厘米左右,但王泓午根本没有考虑过被感染的风险。他认真地对病人进行资料采集,唯一担心的就是自己拍摄的画面不清楚。

王泓午在病区拍摄了大量有价值的资料。等到他出来的时候,张伯礼像是早就知道他会这么做一样,并没有表扬他,只是平静地说:"我给你买了一份保险。"

王泓午拍摄的这些照片成了张伯礼团队研究非典病症的重要材料。张伯礼带着大家仔细研究和讨论后,发现这是一种中医称为"温病"的疫病。治疗温病的方法中医药典上有很多记载,他们开始讨论用什么方法更对症,但要确定病症还需要一些更详细的资料。

当时病区的资料按规定不能外带,但如果看不到这些检查报告,就无法正确诊断。张伯礼的一个学生发现,病区里有一台复印机,他可以利用复印的机会连接病区外的复印机,这样一来,在病区外也可以接收到资料。于是,他们将重要的报告用这样的方式传递出来进行研究，对非典的病症有了更准确的把握。

一天，一位熟悉张伯礼的医院院长悄悄问张伯礼："有个病人的病情非常严重，吃不下饭，高烧不退，看上去凶多吉少。能不能给他开点中药试试？"

张伯礼想了一下，说："那就试试吧。"

恰好张伯礼有个学生在这个病人所在的病区，张伯礼就让学生将病人的病情详细告诉了他，然后根据病人的病情开了药方。药熬好后，学生把药悄悄带进病区，给这个病人服用了。

三天以后，奇迹出现了。这个病人有了明显的好转，退烧了，而且想吃饭了。

张伯礼将这个病例报告给了上级领导，人们这才注意到了中药的作用。经过几轮实验和反复的讨论，上级领导最终决定，中医介入治疗，并让张伯礼担任天津市中医治疗非典指挥部的总指挥。

张伯礼迅速组建了中医医疗队，筹建了中医红区病房，中西医结合治疗的方案得到顺利的实施和推广。短时间内，有八个病区的患者服用了中药汤剂，三百八十四名患者接受中西医结合治疗。很快，中医的作用显现出来了。首先，发热病人的体温很快降下来了。其次，通过拍片发现，肺部的分泌物被吸收了。中医药在控制病情恶化、改善症状、稳定血氧饱和度、激素停减等方面发挥了显著的作用。

北京的中日友好医院在五月的时候也被定为非典防治的医院，他们也接受了中西医结合的治疗方案。该院仝小林教授主持的课题组对收治的十六例非典病人进行了中医药治疗。结果显示：中药在非典治疗中不仅有退热快、不反复、有效缓解症状的特点，而且中医药早期干预能缩短病程，对减轻肺损害程度有作用。中医药治疗期间，无一例患者病情发生恶化。

有人对中西医治疗非典病人的成本做了一个统计，发现完全用中医治疗的患者平均只花费五千元，而西医则至少三万元，严重的大概花费了十万至二十万元。这个统计或许有一些遗漏，但中医的治疗成本显然低于西医。

从张伯礼带领团队对病人进行中医治疗后，大大降低了非典的病死率。张伯礼团队的一些方剂和方法后来获得了天津市的科技进步奖,所总结的非典发病特点和证候特征、病机及治疗方案,被广泛采用。

抗击非典,中医药成效明显。政府开始加大力度扶植中医药行业,表彰中医药在治疗非典过程中发挥的作用,并要求各级医疗体系必须配备中医。

张伯礼很少跟别人提起当年的情形,大多数人都不知道这位"老中医"还参与了抗击非典。即使跟学生讲起,他也并不是讲自己做了多少贡献,获得了多少荣誉。他给学生讲得最多的,是那些身先士卒的工作人员和志愿者。他告诉自己的学生,那时他也进入了一线的红区,看到很多医护人员都倒下了。但在这种最危险的一线,更多的是党员冲锋在前。大家不断地写请愿书、请战书。虽然他们自己的家庭也有困难,但是他们首先把病人的利益放在了第一位。每当提到这些过往的时候,张伯礼都很感动,甚至会落下泪来。看到张伯礼的泪水,学生们都很惊讶,但更多的是感动和震撼。张伯礼说:"党和国家教育了我,培养了我,特别是在关键的时候,能够为自己喜欢的事业,能够为人民做点工作,我感到很幸福。"

只愿山河无恙

二〇二〇年春节，武汉突发疫情。

从二〇一九年十二月开始，武汉市持续发现多起病毒性肺炎病例。这波病情发病快，传染快，很快就波及了整个武汉。科学家很快发现，这是一种新型冠状病毒引发的肺炎。二〇二〇年一月二十日，习近平总书记对新型冠状病毒感染的肺炎疫情做出重要指示，强调要把人民群众的生命安全和身体健康放在第一位，坚决遏制疫情蔓延势头。一月二十七日，正当大年初三，国务院总理、中央应对新型冠状病毒感染肺炎疫情工作领导小组组长来到武汉，考察指导疫情防控工作，看望慰问患者和奋战在一线的医护人员。

就在这一天,七十二岁的张伯礼也乘坐飞机赶往武汉。他在飞机上写下了一首词,叫作《菩萨蛮·战冠厄》:"疫情蔓延举国焦,初二星夜奉国诏。晓飞江城疾,疫茫伴心悌。隔离防胜治,中西互补施。冠魔休猖獗,众志可摧灭。"

这次出征前,有人劝张伯礼说:"您年纪大了,没有十七年前的精神头儿了,这次就别去前线了。"

张伯礼严肃地说:"不行!疫情不严重,国家不会点我这个老头儿的名。我不但必须去,还要打好这一仗!"

张伯礼已经预想到他将要面临一场硬仗,但他没想到的是,武汉的疫情比他想象的还要严重。

刚到武汉,张伯礼和中央指导组的同志们就实地走访了多家医院。他们发现,各大医院虽然设立了发热门诊,但发热门诊里聚集了几百号病人。看诊排长队,化验人挤人,CT检查人满为患。走廊里,输液的病人与排队挂号的人混在一起……而更糟糕的是,每个医院都一床难求,不少确诊病例根本住不进来。

张伯礼穿上防护服走进了医院的红区。穿戴过防护装备的人都知道，穿上衣服再戴上护目镜，不仅行动不便，看东西也不清楚，要在病区适应好半天才会好一些。但张伯礼毫不在意，他让别人帮忙在他的防护服上写上"老张加油"四个字，坚持进入红区给患者诊疗。

情况了解得越多，张伯礼的心情就越沉重。他想，那些发热的人中，有部分可能只是感冒，如果和新冠肺炎患者混在一起，感染者只会越来越多，必须对这些人进行分类治疗。而如果能发放汤药，让那些感冒的人服用几剂清热解毒的汤药，他们就可以痊愈。

当天晚上，张伯礼把自己的想法在中央指导组召开的会议上说了出来。他说："这种混乱的状况不改变，将为后续防控和治疗带来巨大压力，会进一步加速病毒的传播，必须果断采取措施。"张伯礼提出，必须马上对病患分类分层管理、集中隔离，将发热的、留观的、密接的、疑似的四类人员隔离开来，对确诊患者也要把轻症、重症分开进行治疗。

同时，张伯礼建议，征用学校、酒店作为隔离观察点，给患者普遍服用中药。

面对从来没有遇到过的病毒，到底什么药更有效呢？张伯礼决心创制一款更有针对性的中药方。综合从一线收集到的患者的舌象、脉象和症状来看，张伯礼断定新冠肺炎本质上是"湿毒疫"，对肺的伤害最大，所以要从肺入手。他和同是中央指导组专家成员的北京中医医院院长刘清泉在前人的基础上，反复讨论，在宣肺败毒古方的基础上，加用了虎杖、马鞭草，以强化解毒散瘀功效。

张伯礼给这个新方取名叫"宣肺败毒汤"。第一批汤剂很快就送到了湖北省中西医结合医院和附近的几个社区。连续服用三天后，一些发热的人退热了，有的人咳喘症状明显减轻。

张伯礼马上将这个情况向中央指导组做了汇报，并进一步建议：在武汉全市推广服用宣肺败毒汤，连同已经使用的清肺排毒汤等方剂一起，中药漫灌，广泛覆盖。他的建议很快得到采纳，几十万袋汤剂，迅速散发到医院、社区……

这个策略对阻断病毒传播链条发挥了巨大作

用。二月八日是元宵节，经过连续奋战，武汉的确诊病例开始大幅下降。张伯礼写下这首《战地灯节》，表达自己当时的心情："灯火满街妍，月清人迹罕。别样元宵夜，抗魔战正酣。你好我无恙，春花迎凯旋。"

中医药承包方舱

从知道有疫情开始，张伯礼就没有停止过思考：疫情是怎么出现、怎么演变的，演变的规律是什么，如何减少病死率，如何提高治愈率……研究了一辈子中医药，他知道，中国历史上有过上百次大的瘟疫，几乎都是用中药控制住的。有十七年前抗击非典的经验，张伯礼相信，中药也能在新冠肺炎疫情的防控中发挥应有的作用。

经过对大量一手材料的研究，两个多星期以后，张伯礼和他的团队画了一张新冠肺炎病情演变图。

演变图清晰地绘制出了新冠肺炎在时间轴上的演变。通过这个时间轴，可以清楚地看到新冠肺炎每个阶段的病程、症状、实验室指标、病理,以及相应的治疗办法。这张图让人们对新冠肺炎有了更充分的把握,能够制定出更有效的治疗方案。

完成这张图的时候,张伯礼兴奋得一夜没睡,第二天早上就向中央指导组汇报。抗疫一线的人们从这张图上了解到,新冠肺炎并不神秘,中西医结合的治疗方式能够对炎症有所控制。

大家兴奋不已,纷纷献计献策。专家们提出,加快建设方舱医院,扩展床位,对病人实现应收尽收,应治尽治,并在方舱医院中发放中药汤剂。

早在张伯礼去武汉的同一天,他就让天津中医药大学的研究团队根据病症调出中药组分库里的所有对症药材,模拟发病细胞,逐一进行实验。天津中医药大学在张伯礼的组分中药理论提出后建设起的中药组分库,能够将中药的有效成分进行提取、分离、鉴定,明确其中的药效活性,更好地对症下药。

到武汉之后,张伯礼和前线的研究人员每天都把收集到的一手信息发送到天津中医药大学的研究系统,依托大数据对病人的病情进行分析。天津中医药大学的科研人员仅仅用五天的时间，就完成了新冠肺炎临床数据管理系统的搭建及上线，通过上千例数据分析，进一步明确新冠肺炎的病因为"湿毒疫"，核心病机为"湿毒郁肺"，为中医诊疗方案的不断优化提供了科研基础。他们还根据病人的病状，调出数据库里相应的药材，逐一进行实验，找到最对症的药材，开出药方。

白天，张伯礼在病区巡诊，讨论应对策略。晚上十一点以后，他才有时间和天津的实验室联系。天津中医药大学的研究人员要完成的这个工作就像盖大楼一样，马上就要开始施工了，但图纸却千变万化。尽管如此，实验室的工作人员依然夜以继日地工作着。他们全力以赴，希望能为抗疫提供及时的支持。

在中医药治疗新冠肺炎取得显著成效之后，张伯礼与刘清泉写下请战书："请战！中医药承包方舱！"他们凭借着对疫情的准确研判，提出筹建一家以中医药综合治疗为主的方舱医院——江夏方舱医院。

筹备方舱医院的时候，张伯礼每天都要去工

地。医疗器械和设施的摆放，空气净化设施的调试，床位的安排，卫生间的设计，医用垃圾和废水废物的处理，张伯礼都要一一过问。

方舱医院是一个很大的空间。武汉的冬天没有暖气，气温很低。张伯礼考虑到方舱温度低，不利于病人的休息和康复，建议每张病床加一条电热毯。病人住进方舱后，睡在暖和的床上，才能够安定下来，愿意在这里专心养病。张伯礼还坚持给每个床位都拉上布帘，给患者隐私空间。

江夏方舱医院建成后，张伯礼带领二百零九名医生组成的"国家队"正式进驻。这个团队的成员来自全国各地，既有中医，也有西医。

二月十四日，武汉江夏方舱医院开舱接收病人，这是湖北首个以中医治疗为主的方舱医院。这一天，天津喜降春雪，张伯礼得知后写了这首《校园雪景》："望雪覆校舍，东湖思团泊。阴雨何如雪，早归须伏魔。"

江夏方舱医院第一批收治的病人都是轻型或是普通型，他们的病因基本相同，中医诊断以湿毒郁肺、疫毒闭肺及湿热蕴毒为主。张伯礼认为："新冠肺炎是病毒侵袭到人体内与人自身抵抗力博弈的结果，因此提高机体抵抗力是非常有效的办法。要针对患者整体状况进行治疗，调动人自身内源性抗病机能。"

张伯礼和中医专家们密切观察患者服药后的反应，再根据病人的个体情况，分别针对发热、干咳、脾胃虚寒和焦虑失眠等症状使用四个协定处方进行补充。方舱医院专门配备了配方颗粒调剂车，对药方剂量进行快速调配。除此之外，医护人员还会配合使用中医非药物疗法及其他有助于康复的方法，如按摩、针灸、太极拳和八段锦等，目的是提高患者的身体素质。

作为科技部专家组成员，张伯礼负责"中西医结合防治新型冠状病毒感染的肺炎的临床研究"项目。他拿出首批临床治疗数据并得出这样的结论：中医参与治疗新冠肺炎，能显著减轻患者的临床症状，缩短病程，提高临床治愈率，减少危重症的发生率。说简单一点儿，就是越早使用中药，效果越好。对轻症患者可加速痊愈，避免转为重症；对重症患者，能辅助治疗。

这个研究把52例患者分成两组：一组是中西医结合治疗，接诊普通型27例、重型6例、危重型1例；一组是纯西医治疗，接诊普通型13例、重型4例、危重型1例。

西医治疗的方法是用抗病毒和抗感染药物等，同时机械辅助通气治疗。中医治疗使用汤剂的比率占88.2%，运用湿毒郁肺方、疫毒闭肺方等；中成药用连花清瘟颗粒、金花清感颗粒、藿香正气水、体外培育牛黄等；中药针剂用血必净注射液、痰热清注射液、生脉注射液、参附注射液，其中血必净注射液的使用率占88.2%。

两组治疗的结果显示，中西医结合的治疗方法在采用西医呼吸支持、循环支持等手段的情况下，中医药在稳定血氧饱和度、控制肺炎进展、抑制炎症因子风暴及保护重要脏器功能等方面起到很好的辅助作用，对病人的重症转轻、轻症减弱起到了很大的作用。

从平均治疗天数来看，中西医结合治疗组5.15天，比纯西医组短2天，体温恢复平均时间短1.74天，平均住院天数少2.2天，CT影像好转率高19.4%，临床治愈率高30%左右。只有5.9%的普通型转重型及危重型，而纯西医组则达到35.3%。中西医结合的治疗效果显而易见。

张伯礼参与治疗了一个重症患者。这个病人的血氧饱和度一直很不稳定，无法离开无创吸氧。张伯礼了解到这位患者三天没排便，肚子胀、憋气的情况后，开出了一个中药方。病人服用中药后，很快就排泄通畅，憋气的症状也明显好转，血氧饱和度逐渐稳定，从无创吸氧转成了鼻导管吸氧。

医护人员进入方舱医院后，张伯礼明确了治疗的主要指标。他说，只要这些患者不转为重症，就是我们最大的胜利。

医护人员每天仔细地给病人测量体温和血氧，递送中药。一开始，有的病人对中医有疑虑，不肯喝药，也不配合治疗。但看到那些每天按时喝药、配合治疗的病人很快就减轻了症状，有所好转，那些不相信中药的病人也开始积极配合治疗了。

与此同时，全国各地都在派医疗队驰援武汉。医生们全力以赴，人手的问题解决了，但物资的问题却还没解决。当时武汉的交通基本瘫痪，周边的药材难以运进来。张伯礼只好一个一个给他认识的周边的药企打电话,让他们把药材运过来,再分到各个隔离点。

药材该怎么分配,由谁来分,张伯礼都做了细致的安排。他要确保每一个细节都不出错,尽快救治患者。

张伯礼一九八八年入党,有着三十多年党龄的他深知共产党的领导核心作用。江夏方舱医院有来自天津、江苏、河南、湖南、陕西五省市医疗队的医护人员。大家都很有热情,却不知道该怎么做。张伯礼发现了这个问题,他觉得,要解决这个问题,首先要靠党,靠党组织。

于是,在张伯礼的建议和江夏区委的推动下,江夏方舱医院成立了临时党委。五个省市分别建立临时党支部,还建立了病友党小组,发动党员积极鼓励病人配合治疗。张伯礼说:"中国革命是支部建立在连队上,我们这一次是支部建立在方舱里。任何时候党都是领导核心。"

与此同时,张伯礼鼓励医护人员带领患者练习八段锦、太极拳。江夏方舱医院湖南队负责的"湘五"病区特别推出了"正气抗疫操",可以守神静心,疏通经络,调和气血,培补正气,对病人的治疗和恢复起到了促进作用。

张伯礼发现,方舱医院里的不少患者一边忍受着身体的不适,一边忍受着巨大的心理恐惧。有些轻症病人原本服用中药只要十多天就能治愈,但是由于心理恐惧,实际治疗效果大打折扣。尤其是在开放的大病室里,病人之间很容易传染悲观情绪。张伯礼鼓励医护人员和病人做朋友,让病人有事多和医护人员交流。

渐渐地,医护人员和病人成了朋友,病人成了志愿者。许多病人看到医护人员很辛苦,于是每天主动承担起搞卫生、分发食物的工作,互相帮助。

一天,一位老奶奶在悄悄擦眼泪,护士看到了,急忙问她是不是哪里不舒服。老奶奶不好意思地说,她即将过生日了,但在这里一个亲人也没有,心里难过。护士笑着说:"奶奶,我们都是您的亲人呀!"

生日这天,医护人员专门为老奶奶买来了蛋糕,病友们也为她送上了祝福。要知道,当时武汉

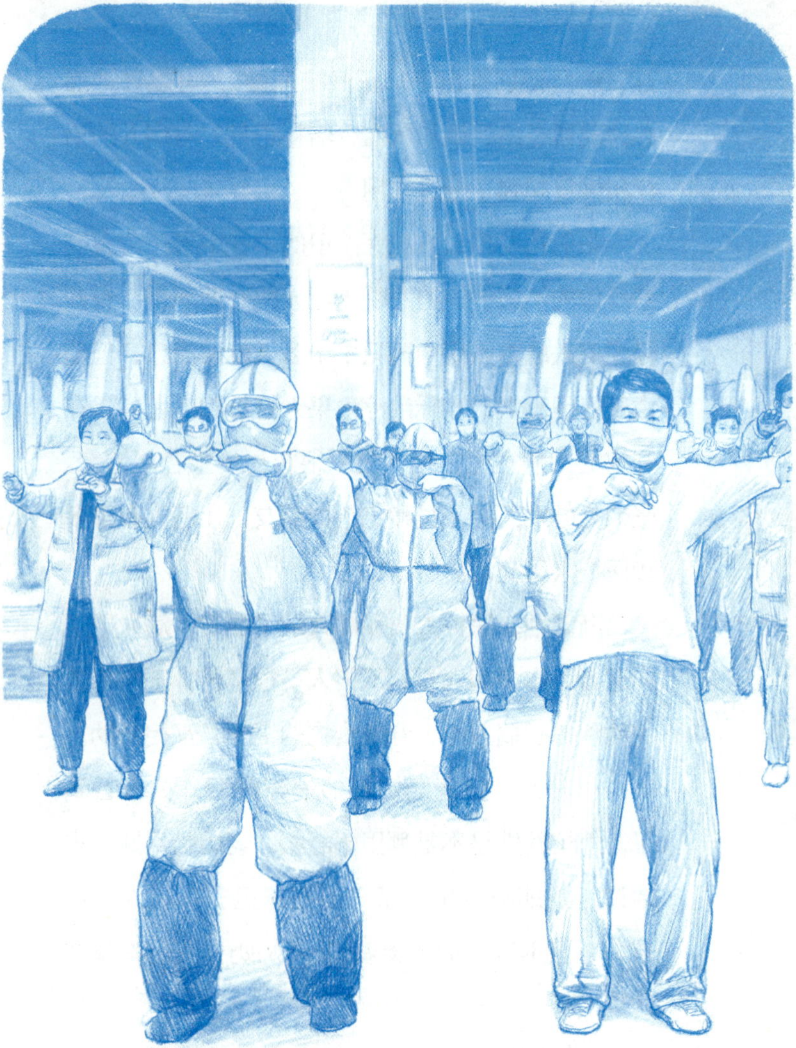

封城，要买到一个蛋糕很不容易，但他们还是想尽办法买来了。老奶奶接过大家给她准备的蛋糕，一时竟感动得说不出话来。

七十八岁的曲爷爷患有高血压和糖尿病等基础病，感染新冠肺炎让他的身体雪上加霜，加上身边没有亲人陪伴，他对治疗毫无信心。一碗中药别人几口就可以喝完，他却小口小口慢慢喝，有时候一碗药要两三个小时才能喝完。他想，就死马当作活马医吧，不要浪费了国家给的这些中药。曲爷爷没想到的是，他喝下的中药是张伯礼专门根据他的证候开的处方。几天以后，曲爷爷的身体状况逐渐好转，喝药的速度也快了起来。十四天后，曲爷爷病愈出院了。

为了更好地管理方舱医院，也为了让患者有一个更好的医治环境，张伯礼让医护人员在方舱医院选出十名"三好舱友"。这"三好"是学习好、治疗好、配合服务好。这些患者既是方舱医院的病人，也是医院的管理者。让患者当主人，他们就能积极地配合治疗。他们去给其他患者做工作，就更加有说服力了。

江夏方舱医院治疗新冠肺炎患者所取得的成效促使其他方舱医院开始使用中药，武汉的协和、同济、金银潭等医院的重症患者也都采用中西医结合治疗。中西医结合治疗后，有些重症患者转为轻症，或痊愈出院。武汉16家方舱医院累计收治患者超过1.2万人，每个方舱医院都配备了中医药专家，同步配送清肺排毒、宣肺败毒等方剂，中药使用率达90%。到疫情结束的时候，武汉市各医院的中医药介入率已经从最初的30%做到了基本全覆盖。

病人好转了，张伯礼并没有休息，他又在考虑恢复期的病人、出院的病人，特别是重症患者的康复问题。有的病人出院了，但还有咳嗽、喘憋、心悸、乏力等症状；有的病人肺部感染渗出吸收不完全；有的病人免疫功能紊乱等。在张伯礼的建议下，湖北省中西医结合医院、武汉市中医医院建立了新冠肺炎患者康复门诊，专门为这部分病人服务。

张伯礼又将目光转向了被感染的医护人员。当时，整个湖北省被感染的医护人员超过三千人。在中国工程院和有关单位的支持下,武汉协和医院、武汉市中医医院共同建立湖北感染新冠肺炎的医务人员康复管理平台,让在这场抗疫战斗中被感染的医护人员能够得到持续的康复治疗。

身在武汉的张伯礼也一直惦记着天津的疫情。每天忙完手里的工作,无论多晚,只要看到天津发来的信息,他都一一回复。张伯礼还是天津专家指导组中医组的成员,天津第一个病例出现的时候他也参加了会诊。

张伯礼注意到,天津的气候和武汉的气候不一样,新冠肺炎的病情演变规律也不一样。他必须对不同地区的疫情演变规律都了解和掌握,才能提出有效的治疗方案。

他通过自己的学生一直关注着天津海河医院,参与病人的治疗,在充分了解病情,获得大量临床流调信息的基础上,他同学生一起制定了"天津模式"。这个模式不仅在措施上非常完备,在很多细节方面也有独特的考虑,非常有针对性,有效地控制了天津的疫情。

肝胆相照

二〇二〇年二月十六日的深夜,刚刚入睡的张伯礼被腹部的一阵剧痛刺醒。他本不想惊动大家,但持续不断的疼痛让他不得不叫醒助手。张伯礼被连夜送到武汉协和医院。经医生诊断,张伯礼因为过度劳累导致胆囊炎急性发作,需要尽快手术。

张伯礼拒绝了,他说:"现在正是抗疫的关键时候,不能因为我耽误了时间。保守治疗吧。"

张伯礼对武汉的医疗情况非常清楚。这个时候武汉的大部分医院都停止了手术,只有为数不多的几家可以做必须要做的手术。如果他现在手术,会给武汉的同行增加麻烦。况且手术后身体恢复还要一段时间,也会影响工作。

张伯礼的学生告诉大家，去武汉前，张老师已经去过一次医院了。当时疫情刚开始严重，张伯礼在北京连续开会，身体感到不适。他回到天津后就到协和医院去看病。接诊的医生认为，张伯礼至少要住院一个星期，再根据情况手术。但张伯礼不同意，他担心做完手术就不能去武汉抗疫了。无论大家怎么劝说，张伯礼最终还是义无反顾地离开了医院，几天后便去了武汉。

来到武汉后，面对复杂的疫情，张伯礼根本无暇关注自己的身体。白天有大量的诊疗工作和方案制定任务要完成，晚上他还要和天津的同事讨论病例信息。张伯礼每天只能睡几个小时，其他时间都在工作。每次大家提醒他注意身体的时候，他都笑着说："穿上白衣，就是战士。为国为民，战斗到底。你们不用担心我。"

中医进方舱后，张伯礼更忙了。他白天指导会诊，晚上开会、研究治疗方案，甚至细化到为具体病例开方。学生们劝他："您每天太忙了，有些事，就不用亲自做，让我们干吧！"

"带兵打仗，哪有不上前线的道理，那不成纸上谈兵了吗?"张伯礼不听劝说,穿上防护服,在病房里一待就是几个小时。

但这一次超负荷的工作让张伯礼劳累过度,他病倒了。作为张伯礼的主治医师,华中科技大学同济医学院附属协和医院普外科兼胃肠外科主任陶凯雄建议他立即住院治疗,千万不能再耽搁。

但张伯礼依然拒绝了。当天夜里,张伯礼悄悄地从协和医院的病房回到驻地,他还想再拖一拖,再多做一点儿事。但这一次的情况比在天津还要严重,他很快又因为剧烈的腹痛被送回医院。医生检查时发现,两天的保守治疗毫无效果,张伯礼的胆囊化脓了,结石卡在胆管里,保守治疗已经没用了,必须尽快手术。中央指导组的领导知道后,也马上命令他:"不能再拖,必须手术。"

最终,张伯礼同意了手术。手术前,按照规定要征求家属意见,他怕老伴儿和儿子担心,就说:"不要告诉家人,我自己签字吧。"

病情比医生预想的还要严重,张伯礼的胆囊炎是急性化脓性及坏疽性胆囊炎。这种病症非常严重,如果不及时处理,几天时间,甚至几个小时就可能危及生命。二月十九日凌晨四点，张伯礼的微创胆囊摘除手术结束，一切顺利。

从手术室返回病房的途中，张伯礼给儿子张磊打了一个电话。他对张磊说："知道你最近要来武汉，但你不要来我这里，在红区一定要完成任务，保护好同事和自己。"

手术后几天，张伯礼写下这首《弃胆》来记录这段经历："抗疫战犹酣，身恙保守难。肝胆相照真，割胆留决断。"

由于担心影响大家的心情，张伯礼手术前特意提出，不要将他手术的消息对外界公布。手术过后，他醒来的第一件事就是让助手给他读疫情通报，并打电话询问江夏方舱医院的情况。

术后第一天，张伯礼便开始处理文件。《中西医治疗新冠肺炎临床研究》《重症治疗方案》《病人转到定点医院后如何继续治疗》……几十份方案和文件放在张伯礼的桌上，都需要一一处理。

不能下床，张伯礼就在病床上放一个小桌子工作。左手打着点滴，他就单用右手翻书写字。大家都劝他术后要休息。张伯礼笑笑说："你们都在干活儿，我不能拖后腿。现在不仅要干，而且要干好。要跟平时一样。该输液就输液，该工作就工作。都没关系，没问题。胆没了，胆量得留下来！"

手术后第三天，张伯礼的腿部出现血栓，难以下床行走。但这一天张伯礼要参加科技部的一个重点项目的网络会议。这个项目正开展到关键时期，张伯礼不想因为自己生病影响了项目进度。在连线视频会议前，他担心自己的病情为外界所知而影响士气，就让学生拿出他的一件夹克衫套在病号服的外面，把拉链拉高，遮住里面的衣服，然后坐了整整四个小时，开完了整场会议。

大家劝他卧床休息，他说："仗正在打，我不能躺下！"负责照顾张伯礼术后生活的天津中医药大学在读博士黄明回忆："老师的身体非常虚弱，一动全身就冒汗，但国家信任他，他就撑着干。"

张伯礼丝毫没有为自己的身体担心，他乐观又风趣地说："肝胆相照，我把胆留在这儿了。"

在二〇二〇年全国中小学生的《开学第一课》上，张伯礼动情地说："中医把胆叫'胆腑'。'胆

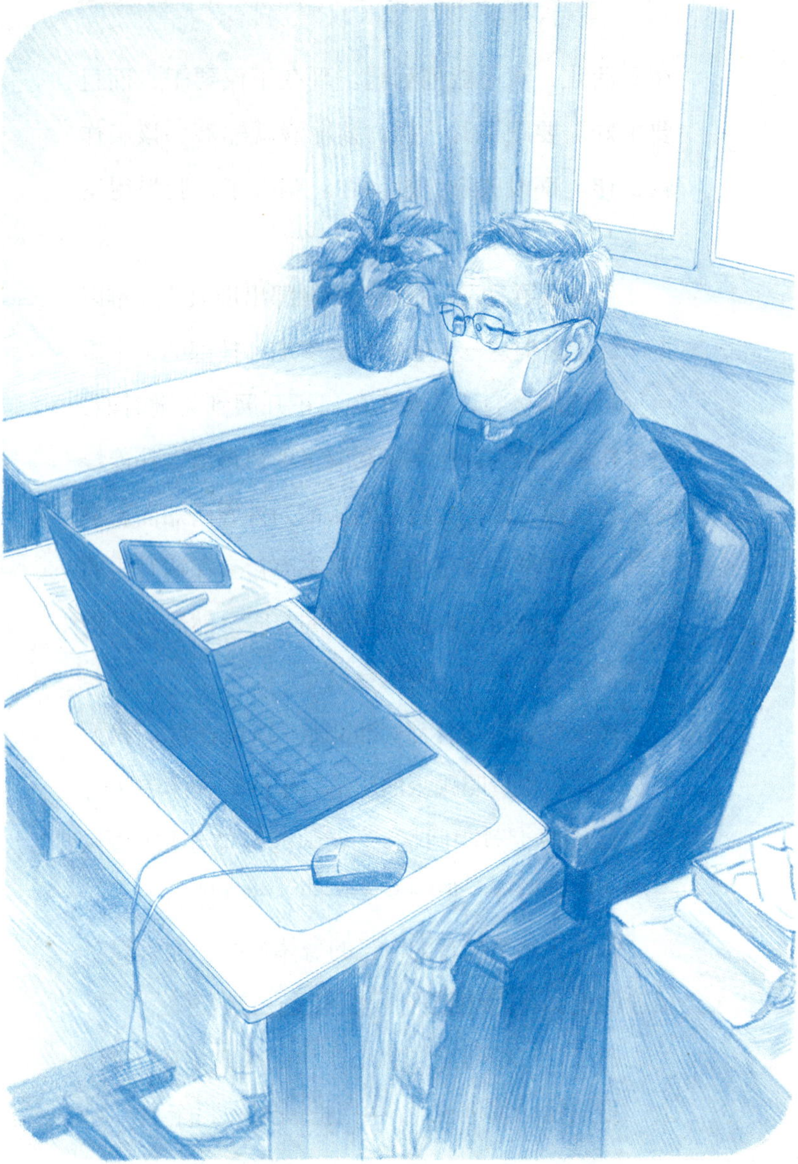

者，中正之官，决断出焉。'我的胆虽然没了，但做决断的勇气不能少。"

中国有个成语叫作"侠肝义胆"，意思是侠客的肝，义士的胆，形容见义勇为、锄强扶弱、打抱不平的心肠和行动。用这个词语来形容张伯礼也十分恰当，他正是以这样一种精神为中国的疫情防控做出自己的贡献。

父子英雄

张伯礼只有一个儿子,名叫张磊。二○二○年时,张磊四十五岁了。

从小耳濡目染,张磊和父亲一样选择了学医。从医学院毕业后,张磊到天津中医药大学第一附属医院工作。工作多年,张磊一直以父亲为榜样,认认真真学习,兢兢业业工作。他凭借扎实的基础知识和过硬的技术能力,从一线医务工作者中脱颖而出,先后担任了天津中医药大学第一附属医院风湿免疫科副主任和第四附属医院执行院长。

张磊在家和家里的其他人一样,称呼张伯礼为"老头儿",在外面则称呼张伯礼为"校长"。得知张伯礼驰援武汉后,张磊询问父亲的意见:"我要不要也去武汉？"

张伯礼毫不迟疑地说："你是一个党员，这个时候一定要带头冲到前线去。这也是在特殊时期对党、对人民的一个交代。"

于是，张磊主动提出要去支援武汉。他用两句诗表达了自己的心情："愚顽常思聆父训，草茅未敢忘国忧。"

当时，天津派出的队员年龄要求是医生四十岁以下，护士三十五岁以下。大家都知道疫情的严重性，驰援武汉的医生工作强度一定会很大，年轻一点儿的医护人员可以连续作战。

张磊为了能够早一点儿到武汉去，先是递交了一份申请书，然后又用电话、微信、书面材料等方式不断向上级申请。看到张磊的申请书，天津中医药大学第一附属医院院长毛静远和党委书记范玉强讨论后，都不想让张磊去。

张磊诚恳地对领导说："我是一名共产党员，是一名医生，又是科室副主任，还是研究所导师，我还有抗击非典和禽流感的经验，无论哪一种身份我都应该到武汉去，在抗疫的第一线贡献自己的力量。"

张磊一边积极申请，一边努力工作。此时，全国都在严控疫情，天津的防控工作也很繁重。张磊所在的天津中医药大学第四附属医院也有很重的防控任务。为了便于工作，张磊在医院里一守就是一个多月。这一个月里张磊每天只能睡几个小时。作为执行院长，他本可以在办公室里指挥各项防控工作，但张磊要求自己对医院的每个环节都要巡查到，甚至多次冒着感染的风险到发热门诊现场指导工作。

为了更好更快地救治感染者，张磊及时调整了预检分诊流程。为了及时有效地对患者进行治疗，他用最快的速度建成了医院的隔离病区。

最终，张磊的坚持打动了上级领导，他的申请终于得到了批准。他也来到了武汉，和父亲战斗在一个城市里。

张磊是二月二十一日出发到武汉的。这一天，正是张磊母亲的生日。每年的这一天，一家人都要团聚在一起，为她庆祝生日，但这一次张伯礼和张磊都缺席了。张磊让妻子和妹妹告诉母亲，自己在滨海新区值班。他想，能瞒一天是一天，不能让母亲又多一份担心。

张磊在江夏方舱医院承担的是取咽拭子工作。这是红区最危险的工作之一，非常容易被患者呛咳喷出的病毒感染。张磊总是自己动手，从不让和他一起去的医学生做。他说："如果医生都不敢上，那病人岂不更绝望吗？"

当大家劝他换个工作的时候，张磊坚定地说："我应该冲在前面，我们几个主任都是这样做的，我凭嘛特殊？"

张磊在二月二十四号的《战地日记》里写道："今天第一次进方舱，多少有点手忙脚乱。平日光和其他人说不要紧张，到自己这里，也是不能免俗。幸运的是，顺利完成了六个小时的工作，并带着两名同志开了医嘱，取了咽拭子。经过严格的出舱环节，穿着防护服走出医护人员通道时，全身已然湿透。"虽然条件很艰苦，有各种困难，但张磊毫无怨言。他说："我们现在正值壮年，没有理由不去努力工作。"

然而，虽然在同一个城市里，父子两人却没有时间见面。张磊在自己的《战地日记》里分享了一首歌,表达对父亲的敬意,歌名叫 *You'll Never Walk Alone*(你永远不会独行)。这首歌是英超联赛利物浦队的队歌,歌词翻译为中文是这样的:

当你穿过风暴

高抬起头

不害怕黑暗

在风暴的尽头

有金色的天空

和云雀甜美的歌声

穿过风

穿过雨

你的梦想也许会破灭

继续前行,继续前行

带着你心中的希望

你永远不会独行

……

这是一首曲调激昂豪迈、激励人心的歌。每当足球赛场上响起这首歌,球员们都会燃起斗志,奋力拼搏。张磊在这个时候分享这首歌,既有后辈对前辈的敬意,也是作为医生向同行表示决心。

张磊知道,父亲一旦开始工作就是全身心地投入。几十年来一直如此,只要他在工作,全家人都不会去打扰他。

张伯礼接受手术的那天夜里,前线指挥部的领导给张磊打了一个电话,通知他,他父亲将要做手术了。放下电话,张磊心里有些害怕。他知道,父亲从不在意自己的身体,只有累得站不起来了,他才会躺下。半夜需要手术,不知道情况有多危重。无法到父亲身边去,也无法了解更多的情况,张磊只能焦虑不安地等待着。一直等到手术结束,张伯礼给他打了一个电话,张磊才松了一口气。

在张伯礼手术后的几天里,医院派他的博士生黄明照顾他。虽然心里很担心父亲,但张磊反而庆幸父亲生病也让他有了更多的机会和"老头儿"通话。他只要拨通黄明的电话,就能和病床上的父亲聊几句。这或许是疫情暴发以来张磊最容易和父亲联系上的日子,也是父子俩说话最多的日子。

张磊在电话里说:"过两天我就能去武汉了。我可以来照顾您。"

可是张伯礼在电话那头直接拒绝了他:"我在这里被照顾得很好,非常时期,你不用来看我,看好你的病人就行。"

直到三月十日方舱"休舱",张磊才见到父亲。当时,张伯礼走在穿着防护服的人群中间,张磊也认不出谁才是父亲。

直到有一个身上写着"老张"的人向他走过来,张磊才认出这是父亲。张磊的眼泪夺眶而出,但隔着厚厚的护目镜,谁也看不清谁。他激动地喊道:"张校长好!"

"一切顺利吧?回家好好休整,按时上班。"父亲说完这句话,转身就忙自己的工作去了。两个人的这次见面,只有几分钟。

下午两点多,结束了工作的张磊走出江夏方舱医院时,看到张伯礼正和几个人站在院子里讨论封舱后的安排。张磊走过去,叫了一声:"爸!"这一次,他没有再喊"张校长"。

他们在方舱医院门口拍了一张合影,纪念这一次武汉之行。

不善言辞的张磊在日记中写道:"这个'老头儿'和在武汉、在湖北、在全国各地亿万名默默无闻的人一样,在自己的岗位上尽力工作。也正是这些平凡的人,使我们终于看到了胜利的曙光,我为自己可以成为他们中的一员而自豪。愿樱花烂漫时,共庆胜利。黄沙百战穿金甲,不破楼兰终不还!"

重见满天星

终于等到了这一天。

二〇二〇年三月十九日,这一天,武汉新增确诊病例、新增疑似病例、现有疑似病例第一次全部清零。

这一天,是张伯礼七十二岁的阴历生日。听到清零的好消息,张伯礼欣慰地说:"这是最好的生日礼物。"

人们欢呼雀跃,奔走相告。张伯礼兴奋地念出了意大利诗人但丁的一句诗:"冲破黑暗夜,重见满天星。"

从二月十二日进入方舱医院到三月十日医院休舱,张伯礼带领的团队在江夏方舱医院共收治病人五百六十四名。所有病人零死亡、零复阳，无一例转为重症，医护人员零感染。

三月十日，习近平总书记来到武汉火神山医院看望和慰问抗疫一线的医务工作者。总书记肯定了大家前期的工作，强调要继续把疫情防控作为当前头等大事和最重要的工作，不麻痹、不厌战、不松劲，毫不放松抓紧抓实抓细各项防控工作，坚决打赢湖北保卫战、武汉保卫战。总书记的讲话给了张伯礼极大的鼓舞，也更加坚定了他用中医药防治疫情的决心。张伯礼继续思考疫情开始时就在考虑的问题：在疫情防控的过程中，中医药应该发挥什么作用？我们国家的传染病响应体系、救治体系，应该怎么进一步完善？

张伯礼认真总结了这次武汉抗疫的经验和教训：

"中医药在这次抗疫中有四大贡献：一是集中隔离服用中药；二是中药进方舱治轻症和普通型患者；三是中西医结合救治重症患者；四是中西医结合康复治疗。虽然已经取得了这些成绩，但还有一些教训是要吸取的。

"我们不但要整理归纳中医药对新冠肺炎的临床疗效，更要做理论层面的思考。例如，此次新冠肺炎以湿邪为主，潜伏期较长，病情发展相对温和，但又存在病情突然加重的现象。这些都符合湿性黏腻、重浊持久的特点；同时，湿邪易转化，可以化火化毒，所以我们在中医理论方面应该有所创新。

"在体制机制方面，国家和各地区发布了很多中医诊疗方案，符合因地制宜的原则，但也需要中医在第一时间介入防治工作，掌握临床数据，研究归纳疾病的证候规律，基于证候变化特点，优化中医诊疗方案，就会更有临床指导性。

"应该成建制地组建医疗队，设置更多的中医定点医院，以后一旦有新发的传染病疫情，中医应该尽早成建制介入。此次疫情中医虽然与非典时相比参与得更早，但还是晚了一些，以后有类似情况中医一定要尽早介入，这也需要制度方面的保障。"

张伯礼的这些意见中肯而有见地，得到了很多专家学者的认可。

二〇二〇年四月十六日,张伯礼乘坐高铁返回天津。八十多天的抗疫终于告一段落。谈及这次抗疫行动,张伯礼感慨地说:"只要疫情需要,我定义无反顾。如果不来,这辈子都会后悔!"

看着窗外飞快闪过的景色,张伯礼写下了这样的诗句:"山河春满尽涤殇,家国欢聚已无恙。两月敢忘江城苦,十万白甲鏖战茫。黄鹤一眺三镇秀,龟蛇两岸千里黄。降魔迎来通衢日,班师辞去今归乡。"

天津的站台上,鲜花和掌声一起向张伯礼拥来。在天津各界人士欢迎抗疫战士归来的现场,张伯礼很少谈自己的贡献,他谦虚地笑着说:"大疫当前,医生就是战士,就得往前冲。我就是一名普通的医生,治病救人是医生的天职。医生的目标只有一个——救人,一切为了救人,放弃小我,服从大我。一切为了病人。"

在此后的采访中,张伯礼多次提到:"最让我感动和难忘的是武汉的民众和来自全国的志愿者,他们身上有很多可歌可泣的事迹,体现了中国人民团结一致、众志成城的精神,这是我们取得胜利的根本。"

武汉疫情结束后,每隔一段时间,张伯礼都会回到武汉看一看,他牵挂着那些康复的病人。尽管很多人都重新获得了健康,但也有一些人的免疫功能还在恢复中。张伯礼深知,治疗很重要,康复也必不可少。对这些病人必须要全程关怀,让他们彻底治愈,回归正常的生活。

张伯礼再次来到武汉市中医医院的时候,人们在电子屏上打出"欢迎您回家!"的字样。张伯礼感到很亲切,他感慨地说:"这里毕竟是战斗了几十天的地方,大家都非常有感情,现在我们还在为同一个目标而努力。确实有回家的感觉。"

疫情结束一年后,张伯礼又回到武汉。看到街上车水马龙的热闹场景,他说:"这才是正常的武汉,我们喜欢的武汉。"

张伯礼来到江夏方舱医院,如今的方舱医院已经完成了标准化改造。曾经的病患收治点已经成为疫苗接种点,昔日熟悉的会议室、更衣室已成为接种室。看到这一切,张伯礼泪流满面,哽咽着说:"回到自己战斗过的方舱,感觉亲切又激动,这是自己战斗过的地方。'国有危难时，医生即战士，宁负自己，不负人民。'这句话，是我在抗击非典的时候说的，十七年后的武汉保卫战，我和我的团队，再次践行了这句誓言。"

二〇二一年一月，河北省又出现了新的病例。一月十五日，张伯礼乘高铁赶往石家庄。刚下火车，顾不得旅途劳顿，张伯礼马上开始了工作。

刚来到医院，张伯礼就和大家一样穿上了防护服，他让人在他的衣服外面写上"天津老张"，然后立即进入红区了解情况。张伯礼走到一个大学生的病床前，一边给他诊脉，一边询问着他的情况。

这是一个年轻的小伙子，看上去有些拘谨。张伯礼问道："还在上学吗？"

小伙子轻声说："上学。"

张伯礼继续问："上什么学？"

"大学。"小伙子抬起了头说。

"哪个大学？"张伯礼一边问，一边拉住他的手继续诊脉。

小伙子回答说："河北软件。"

张伯礼笑着说："哎哟，我们国家的软件就靠你们了。"

小伙子没有刚才紧张了，张伯礼这才接着说："你的脉象是滑脉，滑脉居多。滑脉主痰饮、食滞、实热等证，你这个就是瘀热不清，得清瘀热。"

张伯礼诊断完这个病人，走出病房后对身边的医生说："这样的病人是刚开始的时候没有抓紧时间治疗，慢慢形成间质性的肺炎。肺的纹理增多，肺部就纤维化了，所以今天一定要抓紧给他治。"

几天中，张伯礼三次进入红区研究病情，常常一天要参加好几个会。同时，他也在通过大数据分析的方式对病例进行分析，让他的学生和助手拍舌象、统计数据。经过后台的大数据预算和统计，河北这次疫情的证候特点很快被摸清了。张伯礼经过分析后得出结论："这里的疫情在中医的证候学特点上有变化，武汉是湿毒疫，而这边湿毒兼热，往热转化。湿热，同时化燥。患者轻症兼气虚较多，瘀热明显。"张伯礼主张使用"三药三方"来救治患者。

"三药三方"是武汉抗疫中筛选出来的几种有效药，"三药"包括血必净注射液、金花清感颗粒、连花清瘟颗粒和胶囊，"三方"包括清肺排毒汤、化湿败毒方、宣肺败毒方。

有了准确的判断，上级决定用中医药介入河北抗疫，把中医药深度融入疫情防控的各个环节中。很快，石家庄70%的患者接受了中药汤剂的治疗。同时，又建立了定点康复机构，让病人能够从医院直接进入定点康复机构，更好地得到后续的康复治疗。

张伯礼带领他的团队奋战了二十个日夜，终于取得了河北抗疫的胜利。听到河北人民对他们的感谢，张伯礼谦虚地说："天津和河北唇齿相依，我们这么做是应该的。这次我们是起了一些作用的，仗打得也好，不到一个月就控制了疫情。"

看到石家庄的大街上又恢复了往日的热闹，张伯礼兴致勃勃地拿出手机拍摄，眼里满是胜利的喜悦。

健康"守门人"

张伯礼有很多头衔，这些头衔如果写下来有很长的一串：

中国工程院院士，中国中医科学院院长，天津中医药大学校长、教授、博士生导师，国家重点学科中医内科学科带头人，天津中医药大学第一附属医院副院长，中国中西医结合学会副会长，中华中医药学会内科分会副主任委员，教育部高等学校中医学教学指导委员会主任委员……

随着时间的推移，张伯礼的头衔越来越多，但他的医者仁心却从未改变。

从医从教四十多年来，张伯礼有很多成果。这些成果写下来也有很长的一串：

共承担了国家及省部级科研项目40余项，先后获国家科技进步二等奖3项、三等奖1项，国家发明奖1项，省部级科技一、二等奖20余项；作为科技部中药现代化科技产业基地建设专家组组长，参与组织、指导20余个省市中药现代化科技产业基地建设工作……

二○二○年九月八日，在全国抗击新冠肺炎疫情表彰大会上，张伯礼和张定宇、陈薇一起，获得了一个响亮的称号——"人民英雄"。

张伯礼非常激动，但又觉得党和国家给他的荣誉太高、太重了。他满怀激动地写下了一首词《清平乐·人民才英雄》："白甲十万，战疫三月酣。江城生死皆好汉，数英雄独颜汗。中央经略济生，举国众志成城。中西协和防治，环球凉热彰明。"

张伯礼在接受采访时说："我是平常人，干的也是平常的事，够不上英雄。我最敬佩的是在武汉奉献的志愿者们，他们是英雄！武汉人民做出了重大牺牲，为全国积累了经验，为世界争取了时间，武汉人民是英雄的人民。十四亿中国人民众志成城，守望相助，构筑了抗疫的铜墙铁壁，他们都是英雄。"

武汉疫情中，令张伯礼印象深刻的有来自全国各地的医务工作者，有来自各行各业的志愿者。他们默默地为武汉的抗疫工作着，在最需要他们的时候来，在疫情结束的时候悄悄离去。他们说，每个人多流一点儿汗水，汇聚起来就成了及时雨；大家都献出一点儿温暖，武汉的冬天就没有严寒。

张伯礼始终认为，大疫当前，医生必须冲在前面，这是职责所系，虽然得到了这么多荣誉，但他并没有停止前进的步伐，他说："我要继续努力，继续奋斗，将毕生精力投入到中医药事业中，传承精华，守正创新，努力推动中医药事业和产业发展，推动中医药走向世界，为建设健康中国，实现中华民族伟大复兴的中国梦贡献一份力量。"

张伯礼还是一名连任三届的全国人大代表。每年他都会到基层认真走访、座谈、考察，广泛听取患者、医生、教师、制药企业和管理部门等方面的意见和建议。在他担任代表的十多年中，他在国民健康、环境保护、精神文明建设、医疗卫生体制改革和中医药事业发展等方面提出议案和建议六十余项。

张伯礼说:"人民选我当代表,我当代表为人民。这些都跟老百姓的健康有关,我的梦想就是当好百姓健康的'守门人'。"这些年,张伯礼所提出的几十项议案和建议,几乎都和人民群众的健康有关,如公共场所禁止吸烟,治理虚假医药广告及医疗诈骗,防治雾霾,扶持民族医药产业发展等。

张伯礼提出的很多建议都得到了采纳和重视。二〇〇九年,他在科技部中药现代化科技产业基地验收调研后,提出了"扶持和促进中药大健康产业发展"的建议。这个建议通过中国工程院战略咨询课题立项研究,得到了政府有关部门的重视和采纳,推动了一系列有利于中医药产业发展的政策和规划出台,至今全国已经形成两万亿元新兴产业,助力了中医药产业的振兴发展。

张伯礼对医疗系统的很多问题都有深入的思考。他多次呼吁加快实施全科医生培养制度和在职人员培训,提高全科医生医疗水平和薪酬待遇。这个建议有助于缓解大医院就医压力,解决百姓看病难的问题。张伯礼多年前就倡导和力推在基层卫生医疗机构建设"国医堂",让基层群众都能享受到中医药服务。

在二〇一九年全国人大会议上,张伯礼提出的建议的主题是:建立标准化、规范化的高品质中药材生产体系,同时与精准扶贫有机结合,带领农民脱贫致富。

张伯礼经过实地考察和调研,发现在中药材的种植过程中,化肥、农药、植物生长调节剂的偏施、滥施,造成了中药材农药残留,重金属、二氧化硫、硝酸盐等有害物质超标。除此之外,对无公害中药材产地环境和药材质量的要求也没有明确标准,制约了中药材的产业升级和国际化发展。

张伯礼建议,应在全国范围内推广中药材无公害生产体系;规范药材源头种植,加大精准选址、优质新品种选育、种植环节病虫害综合防治及合理施肥等关键环节的研究;建立优质药材国家标准,在输出终端加大检测力度和市场监管。

这一建议不仅要求规范中药材的生产体系,建立优质药材的国家标准,还要求把无公害生产与精准扶贫有机结合,推动开展高品质中药材生产扶贫行动，鼓励大企业、大品种、大基地开展"企业+农户"式的管理模式，带领农民走出一条脱贫致富的新路。

二〇二〇年的两会是在特殊时期召开的特别的会议。经历了抗疫的战斗，张伯礼看到更多百姓对健康的需求。于是，他提出了修改野生动物保护法、在传染病防治法中增加中医药防治、加快新型冠状病毒疫苗III期临床试验等方面的议案和建议。张伯礼一直关心着中医药的传承，因此，他还提出了"推动中医药文化进校园，提升青少年文化自觉和文化自信"的建议。

他特别建议将中医药文化知识纳入中小学课程，组织编写简单易懂的中小学生中医药读本，以多种形式构建学生能听懂、有特色、重体验的中医药文化课程体系；成立中医药顾问讲师团，组织中医药领域专家，组建中医药文化进校园顾问讲师团，为中医药文化进校园提供强有力的专业支持和技术指导；开展课堂内外中医药体验活动，鼓励建立中医药特色班级、兴趣小组及社团，将学生的爱好、特长与中医药文化相结合。

二〇二一年，张伯礼提交给全国人大的建议依然和疫情有关。他提出了《关于重视新冠肺炎康复问题的建议》，其中包括这样几方面的建议：建立统一的中西医康复治疗方案和评价标准；建立康复定点医院，开展医务人员康复培训；出台相关政策措施，鼓励患者主动康复，居家康复，自觉参与康复治疗；康复工作中坚持中西医并重、中西药并用的原则；建议相关部门将新冠肺炎患者康复期医药支出纳入医保，给予适当比例报销。

同时，他向大会提交了《关于新冠肺炎病毒变异的对策建议》，建议建立国家级病毒毒株库。针对新冠病毒变异，宜未雨绸缪，开展前期研究。从流行病学、病毒学以及检测、药物、疫苗、治疗等六个方面采取措施，加以应对。

张伯礼曾说："人民的需要就是使命。"从这些建议的主题和内容不难看出，无论什么时候，张伯礼始终用自己的专业知识努力守护着千家万户的健康，也体现出了人民代表服务人民的担当和勇气。

张伯礼说："我一定会继续当好政府与百姓

之间的桥梁，为国履职，为民尽责，既让上情下达，也让下情上达，为党和国家事业发展做出新的贡献。"

大道至简，大医精诚。

张伯礼虽然已年逾古稀，但他依然会用共产党员的坚强意志与医者悬壶济世的仁爱之心，为中国的中医药事业、为千千万万百姓的健康鞠躬尽瘁，奋斗终生。